Milan Kundera

米兰·昆德拉

王东亮——译

Le livre du rire et de l'oubli

笑忘录

ŒUVRES DE MILAN KUNDERA

上海译文出版社

图书在版编目（CIP）数据

笑忘录 /（法）米兰·昆德拉（Milan Kundera）著；
王东亮译 . —上海：上海译文出版社，2018.12（2023.9 重印）
（米兰·昆德拉作品全新系列）
ISBN 978-7-5327-7979-6

Ⅰ. ①笑…　Ⅱ. ①米…　②王…　Ⅲ. ①长篇小说—法
国—现代　Ⅳ. ① I565.45

中国版本图书馆 CIP 数据核字（2018）第 238287 号

Milan Kundera
Le livre du rire et de l'oubli

图字：09-2003-199 号

笑忘录
Le livre du rire et de l'oubli

MILAN KUNDERA
米兰·昆德拉　著
王东亮　译

出版统筹　赵武平
责任编辑　周　冉
装帧设计　杨林青

上海译文出版社有限公司出版、发行
网址：www.yiwen.com.cn
201101　上海市闵行区号景路159弄B座
杭州宏雅印刷有限公司印刷

开本 890 × 1240　1/32　印张 11.25　插页 5　字数 128, 000
2018 年 12 月第 1 版　2023 年 9 月第 9 次印刷

ISBN 978-7-5327-7979-6/I · 4910
定价：84.00 元

目 录

第一部

失落的信

1

一九四八年二月，共产党领导人克莱门特·哥特瓦尔德站在布拉格一座巴罗克式宫殿的阳台上，向聚集在老城广场上的数十万公民发表演说。这是波希米亚历史的一个重大转折，是千年难得一遇的那种决定命运的时刻。

哥特瓦尔德的同志们簇拥在他周围，紧靠在他身边站着的就是克莱门蒂斯。正下着雪，天气很冷，而哥特瓦尔德头上什么也没戴。克莱门蒂斯关怀备至地摘下自己的皮帽，把它戴在哥特瓦尔德头上。

宣传部门复制了成千上万份哥特瓦尔德站在阳台上向人民发表演说的照片，照片上的他戴着皮帽，周围是他的同志们。共产主义波希米亚的历史就是从这座阳台上开始的。每个孩子都知道这张照片，因为到处都可以看到，在宣传画上，在课本中，或在博物馆里。

四年以后，克莱门蒂斯因叛国罪被处以绞刑。宣传部门立即让他从历史上消失，并且自然也从所有的照片上消失了。从此以后，哥特瓦尔德就一个人站在阳台上。从前站着克莱门蒂斯的地方，现在只剩下宫殿的一堵空墙。与克莱门蒂斯有关的，只剩下哥特瓦尔德头上的那一顶皮帽。

2

现在是一九七一年。米雷克说：人与政权的斗争，就是记忆与遗忘的斗争。

他用这句话来为自己的行为辩解，而他的朋友们认为他的这些行为不够谨慎：他认真地写日记，保留自己的书信，对他们讨论局势、探讨前途的所有会议都做详细的记录。他对他们解释说：他们没有做任何违背宪法的事情。要是偷偷摸摸行事，还带着负罪感，一开始就注定要失败。

一个星期以前，米雷克与自己所在的建筑安装队在一个施工中的大楼楼顶工作时，他朝下看了一眼，感到一阵眩晕。他失去了平衡，顺手抓住一根柱子，可那根柱子先前没有固定好，倒了下来。其后，大家把他从柱子下拉出来。乍一看，伤得很重。过一会儿，当他发现只是前臂一般性骨折后，他满意地心想，这下可有几个星期的假了，他终于可以处理一些到目前为止一直没有时间处理的事情了。

他最后还是接受了朋友们让他更谨慎些的建议。确实，宪法保障言论自由，可是法律也惩罚所有可被定为危害国家安全的行为。谁也不会知道，国家会在什么时候开始高声宣布，这一言论或那一言论就危害了它的安全。于是，他决定将那些会连累人的书信文件放到安全的地方。

但是，他想首先与兹德娜了却此事。他往她所居住的那座城市打电话，那座城市距布拉格一百公里，但没有联系上她。这就耽误了四天时间。昨天，他才与她通上话。她答应今天下午等他。

米雷克十七岁的儿子不同意他这样做：米雷克不可以一条胳膊打着石膏开车出行。他开车确实有困难。受伤的那只胳膊，吊着绷带，在胸前晃动，无力且碍事。换挡的时候，米雷克只好松开方向盘。

3

二十五年前，他和兹德娜有过一段恋情，而关于这一时期，他只剩下几点回忆。

有一天，他们约会的时候，她用一方手帕擦着眼睛，鼻子在抽动，他问她怎么了。她说，俄国的一个国家领导人前一天去世了。一个叫日丹诺夫，阿尔布佐夫或马斯图尔波夫的人。看她泪水汹涌的样子，马斯图尔波夫的死，比她自己父亲的死更让她难过。

这真的有可能发生过吗？还是他今日的仇恨使他编排了为马斯图尔波夫之死而流下的泪水？不，这肯定发生过。不过，显而易见的是，他今天回忆不起使这些泪水真实可信的当时的具体情形了，记忆宛如一幅漫画，变得让人难以置信。

他对她的所有回忆是这样的：他们一起坐着有轨电车从他们第一次做爱的公寓房回来。（米雷克特别满意地注意到他完全忘记了他们的性事，一秒钟也想不起来了。）她比他结实、高大（当时他长得瘦小、羸弱），此刻正坐在车内长椅的一角，神情阴郁、古板，面孔老得令人吃惊。当他问她为什么这么不爱说话时，他了解到她是对他们做爱的方式不满意。她说，他和她做爱的时候就像个知识分子。

知识分子这个词，在当时的政治用语中，是一种辱骂。它指的是不懂得生活又与人民脱离的人。当时，所有被其他共产党人绞死的共产党人，都被赐予这一骂名。与所有那些脚踏实地的人们相反，据说，知识分子们是飘荡在空中的什么地方的。因此，从某种意义上讲，为了惩罚他们，大地从此彻底拒绝让他们落足，而他们就被吊在离地面稍高一点儿的地方了。

可是，兹德娜埋怨他像个知识分子那样做爱，这又是什么意思呢？

不管是出于什么原因，她就是对他不满意，并且，正如她能够将最不真实的关系（与她所不认识的马斯图尔波夫的关系）与最具体的情感（物化在一滴泪中）联系到一起一样，她也能够给最具体的行为赋予一个抽象的意义，给她在欲望上的不满足贴上一个政治标签。

4

他看了看后视镜，注意到一辆旅游轿车一直跟在他的车后面。他从没有怀疑过自己被跟踪，但是直到目前为止，他们还没有明目张胆地这样做。今天，出现了极端的变化：他们想让他注意到他们的存在。

到了乡间，离布拉格二十公里的地方，有一大块绿篱，绿篱后面有一个带若干修理车间的加油站。他有一个好友在那里工作，他想换一下失灵的启动器。他把车停在入口处红白相间的栅栏门前。一旁站着个肥胖的老太婆。米雷克等着她打开栅栏门，可是她却不住地盯着他看，身体一动不动。他鸣笛也没用，他从车窗门探出头来。“他们还没有把您抓起来？”老太婆问。

“没有，他们还没有把我抓起来，”米雷克答道，“您能不能把栅栏门打开？”

她又打量他一阵，一副心不在焉的样子，然后打了个哈欠，回到她的门岗里。她坐到一张桌子后面，不再理他。

他就下了车，绕过栅栏门，来到车间找他认识的修理工。那人跟他一起回来，自己打开栅栏门（那肥胖女人一直坐在她的门岗里，目光一直心不在焉)，让米雷克把车开到院子里。

“你看，是你在电视上露面太多了，”修理工说，“所以这些老太婆都认识你。”

“她是谁?”米雷克问道。

听修理工讲，米雷克才知道：俄国军队入侵波希米亚，占领这个国家并四处发号施令，这对于她来说是非同寻常的生活即将开始的一个信号。看到地位比她高的人(可全世界的人都比她高)，只要有一点儿举报，就被剥夺了他们的权力、地位、工作，甚至生计都成了问题，这让她兴奋不已。于是，她也开始告密了。

“可是她为什么还是当她的门卫呢?她还没有得到提升吗?”

修理工笑了：“她从一数到十都不会。他们为她找不到其他的位置。他们只能再次确认她告密的权利。对她来说，这就是提升!”

他打开发动机罩，看看发动机。

突然，米雷克注意到他身旁有一个男人。他转过身来：那人身穿栗色长裤、灰外衣、白衬衫，系着领带，长得粗脖肥脸，有一头烫过波浪卷的灰发。他立定站着，看着探身到发动机罩里的修理工。

过一会儿，修理工也注意到了他，站起身问：“您找谁?”

粗脖肥脸的男人回答：“不，谁也不找。”

修理工又探身到发动机里，说：“在布拉格的圣瓦茨拉夫[①]广场，有一个家伙在呕吐。另一个家伙来到他面前，忧心地看着他，摇着头说：您不知道我是多么理解您……”

① Saint Venceslas（907—929），波希米亚公爵，执政期间热衷于传播基督教，死后被当作波希米亚保护神。

5

阿连德被暗杀很快掩盖了俄国人对波希米亚的入侵，孟加拉的血腥屠杀又让人忘记了阿连德，西奈沙漠战争的喧嚣又盖过了孟加拉的呻吟，柬埔寨的生灵涂炭又让人忘记了西奈，就这样继续，就这样反复，继续反复，反复继续，直到一切都被所有人完全遗忘。

在历史依然缓慢前行的时代，不多的事件很容易铭刻在记忆之中，编织成一个无人不晓的背景，其前台上演着令人牵肠挂肚的私人生活的诸多传奇。今天，时间在大步前进。历史事件一夜之间即被遗忘，晨光降临便如闪烁的朝露般飘逝，因此也就不再是叙事者故事中的背景，而是过于稀松平常的私人生活背景前上演的一幕出人意料的传奇。

历史正从人们的记忆中消失，我应该讲一讲似已千年般古老的发生在若干年前的一些事件：一九三九年，德国军队进入波希米亚，捷克国家不复存在。一九四五年，俄国军队进入波希米亚，国家重新被称作独立的共和国。人们为赶走了德国人的俄国欢欣鼓舞，并且，由于将捷克共产党看成俄国人忠实的臂膀，人们就把自己的好感转移到后者身上。正是因为如此，当共产党人于一九四八年二月夺取政权的时候，既没有流血也没有暴力，而是得到了半个民族的欢呼致意。而今天，请注意：发出过欢呼的这个半数更生机勃勃，更聪明，更优秀了。

是的，不管人们怎么说，共产党人都是更聪明的。他们有一个宏伟蓝图，一个全新世界的蓝图，在那个世界里所有人都各得其所。反对他们的人没有伟大的梦想，只有一些陈腐的令人生厌的道德准则，用来补缀既成秩序那破旧的短裤。因此，也就难怪那些热情澎湃的人、那些勇往直前的人，轻而易举地战胜那些不冷不热的人、那些畏首畏尾的人了；也就难怪这些人很快就开始把自己的梦想付诸实践，为所有人谱写正义的牧歌了。

我强调这两个词：*牧歌*和*为所有人*，因为古往今来，人类都一直向往着牧歌，向往这个夜莺歌唱的田园，这个和谐的王国，在那一王国里，世界不是作为局外人反对人类，人类之间也不互相对立，而是相反，世界与所有人都糅合到惟一的、同一的物质里。在那里，每个人都是巴赫壮丽的赋格曲中的一个音符，凡不愿做其中一个音符的人则成为一个无用、毫无意义的黑点，只需抓在手里并用指甲碾死它，就像碾死一只跳蚤一样。

有些人很快明白他们并不具备牧歌所需要的性情，因而他们动了去国外的心思。然而，既然牧歌就其本质而言是所有人的世界，想要移居他乡的人显然就是在否定牧歌，结果他们国外没去成，而是去了监狱。其他的人不久也踏上同一条路，他们是成千上万地走的，其中就有很多共产党人，包括借皮帽给哥特瓦尔德的外交部长克莱门蒂斯。在电影银幕上，恋人们羞答答地手拉着手，而通奸则被由普通公民组成的荣誉法庭严厉惩治；夜莺在歌唱，而克莱门蒂斯的身体像一座钟一样摇摆着，敲响了人类历史的新黎明。

就在这个时候，这些人中一些聪明又激进的青年，突然奇怪地感觉到，他们到广阔天地里所开展的事业开始有了自己的生命，与他们的理想背道而驰，并且不再理会那些赋予其生命的人们。这些年轻且聪明的人开始在他们的事业后面呐喊，他们开始呼唤它，责难它，追捕它，对它进行逐猎。如果我要就这一代聪明且激进的青年写一部小说的话，我会把这部小说定名为《逐猎失落的事业》。

6

修理工合上发动机盖，米雷克问他该付多少钱。

“这有什么，”修理工说道。

米雷克坐进驾驶座，十分感动。他一点儿继续旅行的愿望都没有。他更愿意和修理工待在一起，听他讲笑话。修理工探身车中，拍了他一下。然后他向门岗走去，打开栅栏门。

在米雷克开车从他前面经过的时候，修理工用头向他示意了一下停在加油站门口的那辆车。

粗脖卷发的男人站立在敞开的车门旁边。他看着米雷克。坐在司机位置上的那家伙也注视着他。两个人咄咄逼人地、毫无顾忌地盯着他。米雷克从他们面前经过时，也尽力用同样的表情看他们。

他超过他们，从后视镜里看到那家伙上了车，那车调个头，继续跟踪他。

他心想，真应该早点动手处理掉那些会连累人的书信文件。如果他在受伤的第一天就开始动手，不去等待与兹德娜的电话联系，他也许还能够把它们安全地转移。只是，他当时一门心思只想着这次要去见兹德娜的旅行。事实上，这事儿他想好几年了。但是，最近几个星期以来，他觉得不能再等下去，因为他的命运正在大步走向终点，而为了使它尽善尽美，他应该全力以赴。

7

遥想与兹德娜分手的那些日子，他当时有一种获得巨大自由的飘飘然的感受，而且他在各方面都突然开始一帆风顺。不久，他娶了一个美丽得终于让他有了自信的女人。后来，他的美人去世了，留下他和儿子在一起生活，他成了一个令人艳羡的鳏夫，很多女人对他倾慕，给他关怀和照顾。

与此同时，他在科学研究领域出人头地，而这方面的成功保护了他。国家需要他，他因而能允许自己对国家说三道四，而在那个时候，几乎还没有人敢于这样做。渐渐地，随着逐猎自己过去事业的那些人有了影响力，他就越来越经常地出现在电视荧屏上，并且成了一个名人。俄国人到了以后，他拒绝背弃自己的信念，因而被辞退，并且出入都有便衣警察相随。这些都没有把他击垮。他迷恋上了自己的命运，甚至他走向毁灭的步伐在他眼里都是高尚而美丽的。

听我说清楚：我没有说他迷恋上自己，而是说他迷恋上了他的命运。这是两个完全相反的事情。就好像他的生命获得了自我解放，突然有了自己的利益，而这利益与米雷克的利益毫不相干。

依我看，生命就是这样转化成命运的。命运连抬起小手指为米雷克（为他的幸福，他的安全，他的心境和他的健康）做点什么的意图都没有，而米雷克却为了他的命运（为了它的伟大、它的澄明、它的美丽、它的风格和它的喻意）甘愿赴汤蹈火。他觉得他对自己的命运负有责任，而他的命运却不觉得对他负有责任。

他与自己的生命的关系，就像是雕塑家与他的雕塑、小说家与他的小说的关系。小说家不可侵犯的权利，是能够对他的小说进行加工修改。如果小说开头他不喜欢，他可以重写或者删掉。可是兹德娜的存在拒绝让米雷克行使作者的特权。兹德娜坚持要留在小说的头几页，不让人把她擦掉。

8

可是，与兹德娜的瓜葛到底为什么让他觉得那么没面子呢？

最简单的解释是：米雷克是很早就开始逐猎自己先前事业的那一种人，而兹德娜则一直对有夜莺歌唱的花园忠贞不渝。最近这段时间，全国有百分之二的人兴高采烈地欢迎俄国坦克的到来，她是这些人中的一员。

是的，确实如此，但我觉得这一解释不令人信服。如果只是这个原因的话，如果她只是为了俄国坦克的到来而高兴的话，他本可以高声地并且当着众人的面辱骂她，他不会否认说不认识她。兹德娜对不起他的，是一件格外严重的事情：她是个丑女。

可是，既然他已经二十年没碰她了，她丑不丑，又有什么关系？

这很有关系：哪怕是远在天边，兹德娜的大鼻子都是他生活中的一道阴影。

很多年前，他有过一个漂亮的情妇。有一天，她去了兹德娜居住的城市，回来后甚感不快："我说，你怎么能跟这么一个奇丑无比的女人上床？"

他声明与她只是一般相识，极力否认与她有男女之情。

因为生活中有这样一个大秘密，而他不是不知道：女人要找的不是漂亮男人。女人要找的是有过漂亮女人的男人。以丑女为情人，那是个致命的错误。米雷克想尽办法要清除掉兹德娜的痕迹，并且，由于热爱夜莺的人日复一日地对他仇恨满怀，他希望作为党的专职人员力求努力上进的兹德娜，会很快地并且心甘情愿地忘掉他。

但是，他错了。她总谈起他来，不分场合，不放过任何机会。有一次，由于某种不幸的巧合，他和她在一个社交场合相遇了，她迫不及待地提起一段往事，那情景分明表明他们曾经非常亲密。

他怒不可遏。

另一次，他的一个也认识兹德娜的朋友问他："既然你那么讨厌这个姑娘，那你从前为什么还要和她在一起？"

米雷克开始对他解释说，那时候他是个二十岁的傻男孩，而她比他大七岁。她当时受人尊敬，令人钦佩，很有能量！她认识中央委员会里所有的人！她帮助他，抬举他，把他介绍给实权人物。

"我当时一门心思向上爬，是个傻瓜，行了吧！"他开始叫起来，"所以我靠上了她，我才不在乎她是丑是美呢！"

9

米雷克没有说真话。兹德娜和他年龄一般大。并且，尽管她为马斯图尔波夫之死哭泣，但是，当年她并没有上层的关系，也没有任何手段能让自己在仕途上有所发展，或者为别人在仕途上发展提供方便。

可是，为什么他要编排这些呢？为什么他要撒谎呢？

他一只手握着方向盘，通过后视镜看到秘密警察的车子，他突然脸红了起来。一段意想不到的回忆突然浮现在脑海里：

当她指责他在他们第一次做爱时像个知识分子以后，他就想从第二天开始，改正这一印象，并且表现出激情迸发的样子。不，说他忘记了他们所有的性事是不对的！这一次，他就完全看得清清楚楚：他佯装粗暴在她身上运动着，他发出长长的、低沉的吼叫，就像和主人的拖鞋在争斗的一只狗一样，同时他又（略带惊讶地）观察着躺在他身下的女人，她非常冷静，无声无息，近乎无动于衷。

汽车里回响着有二十五年之久的这一低沉的吼叫，这难以容忍的声响透露着他的顺从和逢迎，他的急切和殷勤，他的可笑和可悲。

是的，是这样：米雷克宁肯宣称自己是个向上爬的人，也不愿坦白实情。那实情就是：他之所以和一个丑姑娘上床，是因为他不敢接近漂亮女人。在他自己看来，那时他连兹德娜都配不上。性格的懦弱，自信的缺乏，这才是他要掩盖的实情。

车厢里回响着激情狂乱的低沉吼叫，这一声响向他证明着，兹德娜只是他为了摧毁自己那令人憎恶的青春而钟情着的痴迷幻象。

他把车停在了她家门口。跟踪的车停在他后面。

10

大多数时间里，历史事件往往干巴巴地互相模仿，但是据我看，在波希米亚，历史演绎了前所未有的一种情形。那里，并非按着以往的惯例，出现了一群人（一个阶级，一个民族）站起来反对另一群人的情况，而是一些人（整整一代男女）挺身反抗自己的青春。

他们企图抓获并驯服自己的事业，几乎就要成功了。在六十年代，他们的影响越来越大，在一九六八年初的时候，他们的势力几乎可以说如日中天。人们一般把这后一段时间称作布拉格之春：牧歌的守护人不得不拆除安在私人住所里的窃听器，边界开放了，音符逃离巴赫那宏伟的乐谱，以自己的方式唱了起来。这是令人难以置信的快乐，是狂欢！

为整个地球谱写伟大的赋格曲的俄国，不能容忍音符四散开来。一九六八年八月二十一日，它向波希米亚派出了一支五十万人的军队。不久，大约有十二万捷克人离开这个国家，留下来的人中，五十万左右的人被迫放弃了他们的工作，来到坐落在偏僻地区的车间，来到遥远的工厂，开起了卡车，也就是说，来到了不再有人能听到他们声音的一些地方。

为了使这一不快回忆的阴影不再干扰这重建了牧歌的国家，应该让布拉格之春和俄国坦克的到来——这一美好历史的污点——化为乌有。为此，今天，在波希米亚，人们对八月二十一日的周年日噤若寒蝉，而那些站起来反抗自己的青春时代的人们的名字，也被仔仔细细地从国家的记忆中擦掉了，就像小学生作业里出的错一样。

米雷克的名字，他们也把它涂掉了。此时此刻，米雷克虽然一级一级爬着楼梯走向兹德娜的家门，实际上，顺着旋转楼梯在爬升的不过是一块涂抹后残留的白斑、一片余有轮廓的空白。

11

他坐在兹德娜对面，吊着绷带的胳膊在晃动。兹德娜看着一旁，避免目光接触，话说得很多：

“我不知道你为什么要来。但你来这里，我很高兴。我和同志们说了。在建筑工地干一辈子小工，终究是荒唐的。我知道，党还没有向你关上大门。还来得及。”

他问她该做什么。

“你应该表态，你自己主动要求表态。由你来迈出第一步。”

他明白到底是怎么回事了。他们会让他知道，他只剩下五分钟，最后的五分钟，来高声宣布他否认自己过去的言行。他了解这种交换。他们让人们用过去来收买未来。他们会强迫他在电视上用透不过气来的声音向人民解释，说他所说的那些反对俄国、反对夜莺的话，都是错的。他们将迫使他将自己的生活远远抛到身后，变成一个影子，一个没有过去的人，一个没有角色的演员，并且把已经被抛弃的生活变成影子，把被演员抛弃的角色也变成影子。这样变成影子后，他们才让他活下去。

他注视兹德娜：为什么她说话这么快，声音这么失常？为什么她目光游移，不敢正视他的眼睛？

事情再明显不过了：她为他设下圈套。她奉党的指令或警方的指令而来，她的任务是说服他投降。

12

可是，米雷克弄错了！没有人授意兹德娜与他谈话。根本没有！事到如今，没有哪个实权人物会答应给米雷克提供一次表态的机会，即便他恳请也没用。太晚了。

兹德娜之所以鼓励他采取一些自救的步骤，并且声称向他传递着身居高位的同志的意见，只是因为她有一种徒劳且混乱的愿望，想尽其所能地帮助他。她之所以说话如此之快并且不敢正视他，不是因为她手里掌握着一个圈套，而是因为她双手空空，爱莫能助。

米雷克理解过她吗？

他一向认为兹德娜是出于迷信崇拜才对党一直狂热地忠贞不渝。

不是这样的。她对党忠贞不渝，是因为她爱着米雷克。

在他离她而去的时候，她只有一个愿望，那就是去证明：忠诚乃是高于一切的价值。她愿去证明，他在一切方面都不忠诚，而她在一切方面都忠诚。看起来像是政治狂热的东西，只是一个借口，一个比喻，对忠诚的一种显示，对失落的爱情的暗自责难。

我猜想，八月的某一个早晨，她在睡梦中被喧嚷的飞机声惊醒。她跑出门，来到街上，惊慌失措的人们告诉她，俄国军队占领了波希米亚。她发出了一阵歇斯底里的笑！俄国坦克来惩罚所有那些不忠的人了！她终于可以看到米雷克厄运降身了！她终于可以见到他跪在地上了！她终于可以像一个知忠诚为何物的人那样，向他俯下身去，拉他一把了。

米雷克看出话不投机，决定干脆言归正传。

“你知道，从前我给你写过许多信。我想把它们收回来。”

她吃惊地抬起头来：“信？”

“是的，我的信。当时，我大概给你写了有九十封。”

“不错，你的信，我知道，”她说。突然，她不再避开他的目光，她目不转睛地看着他的眼睛。米雷克不快地感觉到她洞穿着他的灵魂，并且准确无误地知道他要什么，为什么要。

“你的信，对，你的信，”她重复着说，“我不久前又再读过。我还想，你当时怎么能够有这样的感情爆发。”

她几次重复这几个词：感情爆发。不是很快地、语速急切地说出来，而是缓缓地带着深思熟虑的声音，就好像她瞄准了一个她不愿射失的靶子，她的眼睛盯紧了靶子，要保证自己击中靶心。

13

打着石膏的胳膊在他胸前晃动，他的脸色涨得通红：看上去像是刚刚挨了一耳光。

啊，是的！确实，他的信绝对是激情澎湃的。他要不惜一切地表明，他之所以钟情于这个女人，不是因为他的怯懦和自卑，而是因为爱！能和这样丑的一个姑娘恋爱，惟一的解释就是他真的动情了。

"你给我写信说，我是和你并肩战斗的战友，你记得吗？"

他的脸更红了：这怎么可能？这是个可笑至极的词：战斗！他们的战斗是什么呢？他们参加没完没了的会议，他们的屁股上都起了泡，但是，一旦他们站起来发表激进的观点（应该给阶级敌人以更严厉的惩罚，应该以更斩钉截铁的语言表达某种思想），他们就感觉到自己像英雄画卷里的人物：他倒在地上，手持左轮枪，肩部流血受伤，而她则是手枪在握，冲上前去，冲到他不能过去的地方。

那时候，他的脸上还长满青春痘，而为了让人看不见它们，他戴上了反抗的面具。他对所有人讲，他与他的富农父亲断绝了关系。他说，他唾弃了眷恋土地和财产的古老的农民传统。他描述了在家里与父亲争执并决然离家出走的场景。所有这一切，没有一点儿是真的。今天，当他回首往事的时候，他只看到了编造和谎言。

“那时候，你和今天比，是另一个人，”兹德娜说。

他想象着自己拿到了那一札信件。在碰到的第一个垃圾箱前，他停下来，小心地用两个手指夹着那些信，就好像那是粘上了粪便的纸，他把它们扔到垃圾箱里。

14

“这些信对你有什么用?”她问道,“你究竟为什么还要它们?”

他不能说他要把它们扔到垃圾箱里。于是,他用一种伤感的声音,开始对她说他到了回首往事的年龄。

(说这些的时候,他感到不自然,他觉得自己的谎话没有说服力,他为自己感到羞耻。)

是的,他在回首往事,因为他如今忘记了自己年轻时是什么样子。他知道自己栽了跟头。正因为这样,他想了解自己是从哪里开始栽的,在哪里犯的错误。正因为这样,他想回头看看给兹德娜的信,从中寻出隐藏着他的青春、他的起步和他的根基的秘密。

她摇着头:“我永远也不会给你。”

他谎称:“我只是借一下。”

她又摇头。

他想到,他的信就在这间房子的某个地方,她可以随时拿出来给随便哪个人读。他认为,自己的一段生活掌握在兹德娜手里,这是不能容忍的。他想拿起小桌子上放在他俩之间的玻璃制大烟灰缸，砸到她脑袋上，然后拿走他的信。他没有这样做，他重新向她解释说，他在回顾过去，想知道自己的起点在哪里。

她抬起眼来，用目光打断了他：“我永远不会给你。永远。”

15

当他们从兹德娜的楼里出来的时候，两辆车一前一后停在楼门口。警察在对面的人行道上来回踱步。这时候，他们停下脚步，看着他们。

他让她看这两个人："这两位先生跟踪了我一路。"

"真的吗？"她说，语气中带着怀疑和不自然的讥讽，"所有人都迫害你吗？"

她怎么可以如此地厚颜无耻，向他当面宣称那肆无忌惮、蛮横无理地打量着他们的那两个人，只是碰巧路过的行人？

只有一个解释。她和他们串通一气。他们的把戏，就是让人觉得秘密警察并不存在，没有任何人受到迫害。

这时候，警察穿过马路，在米雷克和兹德娜眼皮底下，上了他们的汽车。

"多保重，"米雷克说，他甚至不再看她。他上了车。通过后视镜，他看到警察的车在他身后刚刚启动。他没看到兹德娜。他不想再看她。他永远不想再见到她。

因此，他不知道她一直站在人行道上，长时间注视着他，神色惊恐莫名。

不，兹德娜之所以拒绝将对面人行道上踱步的两个人看成警察，不是因为她厚颜无耻，而是因为她被眼前发生的难以置信的事情吓坏了。她想向他掩盖真相，向自己掩盖真相。

16

一辆野蛮驾驶的红色跑车，突然出现在米雷克和警察之间。他踩了下油门。他们驶入一个城镇。出现了一段弯路。米雷克明白，这时候，跟踪他的人不可能看见他。他拐进了一条小街。刺耳的刹车声中，一个正要过马路的小男孩刚好有时间跳回去。米雷克从后视镜上看到那辆红色轿车跑到主路上去了，而跟踪者的车还没有过来。稍后，他又拐到另一条街上，就这样从他们的视野里彻底消失了。

他上了一条完全相反方向的路，出了城。他看看后视镜，没有人跟踪，路上空荡荡的。

他想象着那两个可怜的警察正四下找他，还要担心自己被上司训斥一通。他发出了一阵笑。他放慢速度，看了看车外的景色。坦率地讲，他从来没有看过景色。他总是开往一个目的地，安排一件事情，或商量另一件事情，乃至外部世界的空间对于他来说，是个负面的东西，是时间的浪费，是妨碍他活动的障碍。

在他前面不远的地方，两根红白相间的护栏慢慢降落下来。他停下车。

忽然，他感到疲倦至极。为什么要去看她？为什么要收回这些信？

这次旅行所有的荒唐、可笑、幼稚之处，都向他的脑海袭来。驱使他来到她面前的，不是理性的推理或利害的权衡，而是一种难以遏止的欲念。是远远地向过去伸出手臂、拳打它一番的欲念，是持刀割破他的青春画卷的欲念，是一种他无法控制又未得到满足的强烈欲念。

他感到疲惫不堪。现在，要把那些会连累人的书信文件从他的家中转移出来大概不可能了。什么都完了。警察就跟在他身后，不会再放过他。太晚了。是的，一切都太晚了。

他听到远处传来火车头的喷气声。道口看守员的房门前，有一个头戴红头巾的女人。火车到了，这是一列慢车，一个手执烟斗模样憨实的农民从一扇窗子探出头来，吐了口痰。然后，他听到一声铃响，戴红头巾的女人走向平交道口，摇动了一个手柄。护栏升起来，米雷克启动了车子。他开进一个村庄，这村庄只是一条长长的街，街的尽头是一个车站。那车站是一座白色的矮房，围着一堵篱笆墙，透过篱笆，可以看到站台和铁轨。

17

车站的窗台上摆放着一些花盆，花盆里开着秋海棠。米雷克停下车。他坐在驾驶座上，看着眼前的房子、窗户和红花。另一座白房子的画面从遗忘已久的年代浮现在他的眼前，窗台上映衬着秋海棠的红色花瓣。这是一家山村小旅馆，事情发生在一次放暑假的时候。窗前，红花掩映之中，一只大鼻子出现了。米雷克当时二十岁；他抬眼看这只鼻子，心中升起无限的爱意。

他想赶紧踩一下油门，好躲开这一回忆。但是，这次我可不会让自己上当了，我叫住了这一回忆，让它留一会儿。因此，我重说一次：窗前，秋海棠掩映之中，出现了兹德娜的脸和她那硕大的鼻子，米雷克心中升起无限的爱意。

这可能吗？

当然可能，为什么不呢？一个懦弱的男孩不能对一个丑姑娘动真情吗？

他对她讲怎么与自己的反动父亲抗争，而她斥责着知识分子。他们屁股上都起了泡，他们手拉着手，一起去开会，他们揭发自己的同胞，他们撒谎并相爱着。她为马斯图尔波夫的死哭泣，他在她的身体上像一只狗一样发出低沉的吼声，他们爱得死去活来。

他之所以要把她从自己的生活相片中抹掉，不是因为他不爱她，而是因为他爱过她。他擦掉了她，擦掉了他对她的爱，他从相片上刮抹掉她的身影直到她消失，就像宣传部门让克莱门蒂斯从哥特瓦尔德发表历史性演说的阳台上消失一样。米雷克重写历史，就像所有的政党一样，像所有民族一样，像整个人类一样，大家都重写历史。人们高喊着要创造美好的未来，这不是真情所在。未来只是一个谁都不感兴趣的无关紧要的虚空。过去才是生机盎然的，它的面孔让人愤怒、惹人恼火、给人伤害，以致我们要毁掉它或重新描绘它。人们只是为了能够改变过去，才要成为未来的主人。人们之所以明争暗斗，是为了能进入照相冲洗室，到那里去整修照片，去改写传记和历史。

他在这个车站待了有多久？

这次小歇意味着什么？

什么都不意味。

他立刻把这一切从脑海中扫除了，这样一来，什么秋海棠、白房子统统被抛到了身后。他又重新开始加速行驶，看也不看车外的景色。外部世界的空间重新变成了只是减缓他行动的障碍。

18

他成功摆脱掉的那辆汽车已停在他家前门口。那两个男人就站在离车稍远的地方。

他把车停在他们的车后面，下了车。他们几乎是快乐地向他微笑，就好像他的逃脱只是一个让他们都觉得开心的恶作剧。当他从他们前面走过的时候，那个粗脖卷发的男人向他笑了笑，并点头示意。这种亲切随意让米雷克感到焦虑不安，因为它表明，现在他们要更紧密地联系在一起了。

米雷克泰然自若地走近家门。他用自己的钥匙打开房门。他首先看到他儿子，看到他眼神里有种克制的激动。一个戴眼镜的陌生人走近米雷克，说出自己的身份："您要看搜查证吗？"

"是的，"米雷克说。

房间里，有另外两个陌生人。一个站在他的书桌前，桌上堆放着纸张、笔记本和书籍。他一件一件放在手里。另外一个人，坐在书桌前，记录着这个人说的内容。

戴眼镜的男人从自己胸前的衣兜掏出一张折叠的纸，递向米雷克："看，这就是搜查证，那边，"他指着那两个人，"我们在为您准备一份扣押物清单。”

地上，堆满了散落的材料和书刊，橱柜的门大开，家具被挪离靠墙的位置。

米雷克的儿子向他靠过身来，对他说：“你走后五分钟，他们就到了。”

在书桌前，那两个男人正在做扣押物清单：米雷克的朋友的信，俄国人占领头几天的材料，政治形势的分析，一些会议的记录。

“您没怎么为您的朋友着想啊，”戴眼镜的人一边说，一边朝那些扣押物撇了下脑袋。

19

那些移居国外的人（有十二万），被剥夺了言论和工作的人（有五十万），就像在云雾中远去的一个行列一样消失了，无影无踪，被人遗忘。

而监狱，尽管四面都是围墙，却是人类历史的一个辉煌灿烂的舞台。

米雷克一直知道这一点。最近几年来，监狱的光荣不可遏止地吸引着他。福楼拜大概就是这样被包法利夫人的自杀所吸引的。不，米雷克想象不出他的生命的小说会有其他更好的结局。

他们想从记忆中消除掉成千上万人的生命，以便他们无瑕的牧歌中只留下那些无瑕的时光。但是，米雷克要把自己的整个身体抛置其间，给这一牧歌留下一个污点，并且一直留在那里，就像克莱门蒂斯的皮帽一直戴在哥特瓦尔德的头上一样。

他们让米雷克在扣押物清单上签了字，然后他们要他跟他们一起走，他儿子也跟着去。经过一年的羁押后，进行了审判。米雷克被判六年徒刑，他儿子两年，他的十几个朋友分别被判一到六年监禁。

第二部

妈妈

1

有一阵子，玛尔凯塔不喜欢她婆婆。那时候（她公公还在世的时候），她和卡莱尔住在婆婆家，她每天都成为婆婆迁怒的对象。他们没有忍受多久，就搬家了。他们当时的格言是："离妈妈越远越好。"他们搬到另一座城市居住，在国土的另一端，这样一来也就是一年才见卡莱尔的父母一面。

后来，有一天，卡莱尔的父亲死了，剩下妈妈一个人。葬礼的时候，他们又看见了妈妈，她谦卑、可怜，看上去个子比从前更小了。他们两人脑子里都想着一句话："妈妈，您不能一个人待着，来我们家住吧。"

这句话在他们脑子里回响着，但他们没有说出来。况且，葬礼的第二天，大家心情沉重地在一起走着的时候，看上去那么可怜、那么弱小的妈妈，没来由地就痛斥起他们这么些年来待她的种种过错。"她是永远也不会改变的了，"上了火车后，卡莱尔对玛尔凯塔说，"这很让人难过，不过对于我来说，还是那句话：远离妈妈。"

此后，又过了一些年。虽说妈妈一直都没怎么变，可是玛尔凯塔大概变了，因为她突然觉得婆婆以前无论待他们怎么不好，实际上都是微不足道的，真正有过错的是她玛尔凯塔，是她把婆婆的抱怨和牢骚什么的看得太重了。那时候，她看待妈妈就像孩子看待大人一样，而现在角色颠倒过来了：玛尔凯塔成了大人，并且，双方隔得那么远，妈妈看起来倒像个孩子，弱小而无助。玛尔凯塔对她产生了宽容的耐心，甚至开始定期给她写信。老太太很快适应下来，认真地给她回信，并要求她更经常地给她写信，因为据她说，她的信是她孤寂生活中的惟一慰藉。

最近一段时间，在卡莱尔父亲的葬礼上诞生的那句话又重新萦绕在他们脑际。这次，又是儿子压制住了儿媳善意的心怀，因此，他们没有对妈妈说"妈妈，来我们家住吧"，而是请她来住一个星期。

是复活节的时候，他们十岁的儿子去度假了。周末，他们要等爱娃来。他们很愿意和妈妈过一个星期，除了星期天。他们对她说："来我们家住一个星期吧。从这个星期六到下个星期六。下个星期天我们有事。要出去。"他们没有跟她明确说什么，因为他们不太想和她谈到爱娃。卡莱尔又在电话里重复两遍："这个星期六到下个星期六。下个星期天我们有事，我们出去。"妈妈说："好的，我的孩子们，你们待我太好了，当然，你们想让我什么时候走，我就什么时候走。我一个人怪闷的，只想借这个机会散散心。"

但是，周六晚上，当玛尔凯塔来问她第二天早晨他们几点钟送她去火车站时，妈妈宣布，不容置疑且毫不犹豫地宣布，她星期一走。玛尔凯塔惊讶地看着她，妈妈继续说："卡莱尔对我说你们星期一有事，你们出门，我应该星期一早晨走。"

玛尔凯塔当然可以回答说："妈妈，您弄错了，我们明天出门。"但是她没有勇气。她无法当时就编排出一个他们要去的地方。她知道他们在准备撒谎的时候太粗心大意了。她什么也没说，她接受了婆婆星期天留在他们家的想法。她放心地想到，婆婆要住的孩子那间屋，在房子里的另一端，妈妈不会打扰他们的。于是，她带着责备的口气对卡莱尔说：

"求你了，待她好点儿吧。你看她，怪可怜的。我只要一看她，心里就难过。"

2

卡莱尔耸耸肩，让步了。玛尔凯塔是对的：妈妈确实变了。她对什么都满意，都心存感激。卡莱尔原以为他们为了点儿小事就会吵起来，看来他的担心是多余的。

有一天，在一次散步中，她往远处看了一下，说："那边，那个白色的小村庄叫什么？"那不是个村庄，是些界碑。卡莱尔同情起他的母亲，她的视力衰退了。

可是，视力的这一衰弱，似乎表达着更本质的东西：他们看着大的东西，她觉得小，他们认为是界碑的地方，在她看来是一些房屋。

坦白地讲，这在她身上完全不是第一次出现。区别在于，以前有这样的情况的时候，他们感到气愤。比如，有一天夜里，周边大国的坦克侵入了他们的国家。这事情是如此令人震惊、令人恐慌，以致相当长的一段时间里，没有人还能够去想其他的事情。是八月份，他们园里的梨子熟了。一个星期前，妈妈邀请药剂师来摘梨子。但是，药剂师没有来，也没有道歉说为什么没来。妈妈不能够原谅他，这让卡莱尔和玛尔凯塔很恼火。他们指责她说，大家想的都是坦克，而你，你想的是梨子。后来，他们搬走了，在他们带走的记忆中，妈妈心胸狭窄。

可是，坦克真的比梨子更重要吗？随着时间的流逝，卡莱尔领悟到，对这一问题的回答并不像他一向以为的那样显而易见，他开始暗自对妈妈的视野有了某种好感。在妈妈的视野中，前景是一个大梨子，背景上稍远的地方，是一辆比瓢虫大不了多少的坦克，随时可以飞走并且消隐到视线之外。哦，是的！实际上妈妈是对的：坦克是易朽的，而梨子是永恒的。

从前，关于儿子的一切，妈妈都想知道，并且一旦他向她隐瞒了自己生活中的某些东西，她就会生气。因此，这一次，为了让她高兴，他们跟她讲他们正做着的事情，讲发生在他们身上的事情，讲他们的一些计划。但是，他们很快就注意到，她多少是出于礼貌才听他们讲自己的事情，他们话音刚落她就谈起了她不在家期间托付给女邻居照管的鬈毛狗。

以前，卡莱尔会认为她之所以这样是因为她只想着自己的事情，心胸狭窄。现在，他知道，不是这么回事。岁月的流逝比他们想象的要快。妈妈放弃了母性的权杖，来到了一个不同的世界。有一次，在散步的时候，他们遇上了暴风雨。两个人各自一边扶着妈妈的胳膊，完全是把她抬起来似的，否则，风会把她刮走。卡莱尔心潮起伏，觉得自己搀扶着的妈妈轻如一片羽毛，他明白自己的母亲属于另外一些造物的王国：这些造物更小、更轻，更容易被风刮走。

3

爱娃是午饭后到的。是玛尔凯塔到车站去接她的，因为她认为爱娃是自己的朋友。她不喜欢卡莱尔的女友。而爱娃，是另外一回事。实际上，她是早于卡莱尔和爱娃相识的。

有差不多六年的光景了。她和卡莱尔在一座温泉小城休假。每两天，她去蒸一次桑拿。在桑拿室，她浑身是汗，和其他女人一起坐在一条木凳上，这时候，她看见一个高个子女人裸身进来。她们互不相识，却互相微笑了一下。过一会儿，那年轻女子就和玛尔凯塔聊起来。因为她很直率，并且玛尔凯塔对这种友好的表示心存感激，她们之间很快就建立起友谊。

爱娃身上吸引着玛尔凯塔的地方，是她的独特魅力：哪怕是这种马上就和她搭话的方式！就好像她俩事先约好了一样！爱娃没有把时间浪费在一般的客套寒暄上，去说什么桑拿浴宜于健康、增进食欲等等，而是开门见山便谈到她自己，有点儿像那些通过征友启事相识的人，在第一封信中就力图简单明了地向未来的伴侣介绍自己是什么人，做什么事。

那么，照玛尔凯塔说来，爱娃是什么人呢？爱娃是个追逐男人的猎手。但她不是为了婚姻而去追逐他们。她就像男人追逐女人那样去追逐男人。爱对她来说，是不存在的，只有友谊和情欲。因此，她有很多男友：男人并不担心她要他们娶她，而女人也不害怕她会夺走自己的丈夫。再说，如果她要结婚的话，她会对她的丈夫很放任，什么也不会要求他的。

在向玛尔凯塔解释完这一切后，她称赞玛尔凯塔说她有一副漂亮身材，这是不多见的；在爱娃看来，真正身材出众的女人是很少的。她是那样自然地脱口流露出这句赞美，这在玛尔凯塔听来，比来自男人的恭维更受用。这姑娘让她着迷，她感觉进入了真诚的王国。于是，她和爱娃约定第三天同一时间再来做桑拿。后来，她把爱娃介绍给卡莱尔，但是在这份友情中，卡莱尔总显得像是个第三者。

“我婆婆在我们家，”玛尔凯塔在走出车站后用歉疚的语调说，“我要把你介绍成我的表妹。希望你不要介意。”

爱娃说：“没问题，”然后她让玛尔凯塔把她家里的情况给她大概介绍一下。

4

妈妈对儿媳的家庭从来不怎么感兴趣，但是表妹、侄女、姑妈和孙女这样的词让她感到心热：这是由家庭观念组成的美好国度。

此外，她刚刚再次确认了她一直就比较了解的一个事情：她的儿子真是个不可救药的怪物，他竟然以为她和一个亲戚同时在他们家会打扰他们。他们想单独在一起随便聊聊，这她理解。可是，为此就把她早一天赶走，这不是个理由。幸好，她知道如何对付他们。她事先想好了：要是他们让她星期天早晨走，她就说是自己弄错了日子，可是看到诚实的玛尔凯塔想让她走却又开不了口，她当时差一点笑出声来。

是的，应该承认，他们比以前待她更好了。再早几年，卡莱尔会不留情面地让她走。实际上，昨天她的一点儿小把戏，倒是帮了他们一个大忙。至少，这一次，他们不会为了无缘由地早一天把他们的母亲打发到孤独之中而自我谴责。

再说，她非常高兴结识了这个新亲戚。这是个非常和善的女孩。（真是怪事，这姑娘让她想起一个人来，是谁呢？）整整有两个钟头，她都在回答这姑娘的问题。妈妈年轻的时候头发梳成什么样？扎辫子。当然喽，还是奥匈帝国时代呢。维也纳是首都。妈妈的中学是捷克人的，而妈妈是个爱国者。突然，她生出个念头，想给他们唱几首当年他们唱的爱国歌曲，或者给他们背诵诗歌！当然，她还记着很多首。就在大战结束后不久（当然是一战喽，一九一八年，捷克斯洛伐克共和国成立的时候。天啊，这位表妹不知道共和国是什么时候宣布成立的！），妈妈在中学的一个庄严集会上背诵了一首诗。那是庆祝奥匈帝国垮台的集会。庆祝独立！可是，让人难以想象的是，背到最后一节的时候，她突然卡了壳，怎么也想不起后面的诗句了。她怔在那儿，汗水在额前流着，觉得自己很丢脸。突然一下子，出其不意地响起了巨大的掌声。所有人都认为朗诵完了，没有人注意到少了最后一节！可是妈妈还是沮丧至极，她羞愧难当地跑到厕所里把自己关起来。校长亲自赶过来找她，敲了半天的门，请她不要哭，请她出来，因为她获得了巨大的成功。

表妹笑了起来，妈妈不住地打量着她："你让我想起一个人来。天啊！你让我想起的这个人是谁呢……"

"可是，战后，你不再上中学了，"卡莱尔提醒说。

"我觉得我应该知道自己什么时候上的中学！"

"你是大战最后一年获得的业士文凭。那时，还是奥匈帝国呢。"

“我应该知道自己什么时候获得的业士文凭。”她气冲冲地回答。可是，就在此刻，她已经想到卡莱尔没有错。确实如此，她是大战期间中学毕业的。可是，战后中学庄严集会的记忆又是怎么来的呢？忽然，妈妈犹豫了，沉默了。

在这一短暂的沉默中，玛尔凯塔的声音出现了。她对爱娃说话，而她所说的内容既不涉及妈妈的朗诵，也不涉及一九一八年。

妈妈感觉自己沉湎在记忆里，突然的话题转移和记忆障碍把她背叛了。

“好好玩你们的吧，孩子们，你们年轻，并且有很多话要说。”带着突如其来的不快，她去了孙子的房间。

5

当爱娃不停地问妈妈问题的时候，卡莱尔颇为感动地向她投去友善的目光。他认识她有十年了，她一贯如此。率直，无畏。他结识她（那时他和玛尔凯塔还住在他自己的父母家）和几年后玛尔凯塔结识她几乎同样的简捷。有一天，他在办公室收到一个陌生女子的来信。信中说她看见过他，决定给他写信，因为对她来说，当她喜欢一个男人的时候，传统的规范没有任何意义。她喜欢卡莱尔，她是一个女猎手。一个经验丰富的猎手。她不承认爱情，只承认友谊和性欲。信中还附有一张照片，照片上是一个摆着挑逗姿势的裸体女孩。

卡莱尔先是犹豫着是否回信，因为他以为这是一个玩笑。不过，他终于还是没有控制住自己。他照着姑娘留下的地址，写了回信，邀请她去一个朋友的单间寓所。爱娃来了，长长的，瘦瘦的，穿得很差。看上去她就像一个个子过高的少年穿上了祖母的衣裳。她在他对面坐下，对他说，当她喜欢一个男人时，传统的规范对她没有任何意义。她只承认友谊和性欲。她的脸上显露着困窘和努力，卡莱尔对她产生的是兄弟般的同情，而不是欲念。

不过，随后，他心中想到了机不可失这几个字：

“妙极了，”为了鼓励爱娃，他说，“两个猎手碰到了一起。”

这是他说的头几句话，这些话终于打断了年轻女子滔滔不绝的表白，爱娃马上恢复了勇气，从一刻钟以来一直勇敢地独自承受的那种处境的重压下解脱出来。

他对她说，在她寄给他的照片上，她非常美，并且他（用猎手的那种挑逗性语调）问她，赤身裸体是否让她感到刺激。

“我有裸露癖，”她说，一派天真无邪的样子，就好像她承认自己是个再浸礼教派教徒似的。

他对她说，想看见她什么也不穿。

她如释重负，问他房间里是否有电唱机。

是的，有个电唱机，不过借房子给卡莱尔的那位朋友只喜欢古典音乐，巴赫、维瓦尔第和瓦格纳的歌剧。要是年轻女子伴着绮瑟[①]的歌声脱下衣服，卡莱尔会觉得有些奇特。爱娃对唱片也不满意。“没有流行音乐吗？”没有，没有流行音乐。因为没有其他办法，他只好在电唱机上放上了一张巴赫的钢琴组曲。他坐到了房间的一个角落里，为的是能看到全景。

爱娃努力跟着音乐的节拍扭动，然后，她说，这音乐不行。

他严厉地打断她，高声喝道：“闭嘴，脱！”

---

① Isold，瓦格纳歌剧《特里斯丹与绮瑟》中的女主人公。

房间里萦绕着巴赫天籁般的音乐，爱娃继续扭动起来。伴着这个适于一切而就是不适于跳脱衣舞的音乐，爱娃要施展身手极其艰巨。卡莱尔想，从脱掉套衫到脱下内裤，爱娃要走的路漫无尽头。钢琴曲声中，爱娃在不合拍的舞蹈动作中扭动着身体，一件一件地扔掉了衣服。她没有看卡莱尔。她全身心地投入在自己的动作之中，就像一个用心演奏一段很难的乐曲的小提琴手一样，担心抬眼看观众会让自己分神。当她脱得一丝不挂的时候，她朝墙转过身去，一只手放进了两腿之间。就在此时，卡莱尔也已经脱掉了衣服，痴迷地看着正在自慰的年轻女子的后背。真是美妙无比，难怪自那以后，他怎么也舍不下爱娃了。

此外，爱娃还是惟一不在意卡莱尔爱着玛尔凯塔的女人。“你妻子应该理解的是，你爱她，但你又是个猎手，并且你的逐猎对她不是个威胁，反正，没有任何女人理解这一点，”她满怀忧郁地又补充一句，“没有任何女人理解男人。”好像她是那个不被理解的男人似的。

然后，她对卡莱尔说，如果能对他有所帮助，她什么都可以做。

6

妈妈所去的孩子的房间，在不到六米远的地方，并且只隔着两层薄板。妈妈的影子一直和他们在一起，玛尔凯塔感到透不过气来。

幸好，爱娃谈兴不减。他们很长时间没见面了，这期间又发生了那么多事情：她搬到另一座城市，更重要的是，她嫁了人，丈夫比她年长，他在她身上找到了一个无法替代的女友。我们知道，爱娃在友谊方面很有天赋，并且拒绝爱情的自私和歇斯底里。

她也有了一个新工作。收入很不错，但也没有了多少喘息的工夫。明天早晨，她就要去上班。

玛尔凯塔大吃一惊："什么！可那你要什么时间走哇？"

"早晨五点有一趟直达车。"

"天啊！爱娃，四点你就要起床！太可怕了！"就在这个时候，一想到卡莱尔的母亲留在了他们家里，她所感到的即便不是愤怒，也至少是一种怨恨。爱娃住得远，工作很忙，尽管如此她还为玛尔凯塔留下了星期天，而玛尔凯塔本人却不能如自己所愿地完全把自己贡献给她，都是因为她婆婆，现在她的阴影还和他们在一起。

玛尔凯塔的好心情被破坏了。真是祸不单行，正在这时候电话铃又响了。卡莱尔拿起了话机。他的声音游移，在他简短且暧昧的回答中有某种可疑的东西，这让玛尔凯塔感觉他似乎在斟酌用词以掩盖他的话的实际意义。她敢肯定，他正在和一个女人订约会。

“谁呀？”她问。卡莱尔回答说，是邻近城市的一个女同事，她下星期要来，希望和他谈谈。从这一刻起，玛尔凯塔一句话也不说了。

她是如此的妒忌吗？

多少年以前，在他们相爱的最初一段时期，这是不可否认的。只是，光阴荏苒，她今天所感到的妒忌大概不过是一种习惯。

让我们换一种说法：所有的爱情关系都建立在一些不成文的合约上，这些不成文的合约是相爱的人在他们恋爱的头几个星期不经心地签下来的。他们当时还生活在梦境之中，可与此同时，在不知不觉中，他们像执拗的法学家一样，签订了他们的合约中的详细条款。噢！恋人们，在这危险的热恋初期你们可要多加注意！如果这些天里你把早餐给他（她）端上床来，今后就要天天给端上来，否则你就会遭到不爱和不忠的指责。

卡莱尔和玛尔凯塔在他们热恋的头几个星期不经意做出的约定是：卡莱尔可以有外遇，玛尔凯塔接受这一点；但玛尔凯塔有权成为贤惠女人，而卡莱尔在她面前要感到内疚。没有人比玛尔凯塔更了解，做个贤惠女人是多么的凄苦。她是贤惠，可这是没有办法的事情。

当然，从内心来讲，玛尔凯塔深知这次电话本身没什么大不了的。重要的不在于这次电话是怎么回事，而在于这次电话表明了什么。这次电话充分表明了她生活的全部情形：玛尔凯塔所做的一切，都是为了卡莱尔，都是因为卡莱尔。她照管他的母亲。她把最要好的女友介绍给他，作为礼物送他。只为了他，只为了他能快乐。可是，她为什么要做这一切？为什么要费尽心思？为什么她像西西弗那样推石上山？而到头来，无论她做什么，卡莱尔都心不在焉。他和另一个女人约会，并且总是背着她。

读高中的时候，她桀骜不驯，几乎过于精力充沛。她那位年老的数学老师总喜欢逗她：你呀，玛尔凯塔，你是拴不住的！我提前可怜你未来的丈夫了。她骄傲地笑了，这些话在她看来是好兆头。可是，突然一下子，不知怎么回事，她就成了一个完全相反的角色，出乎意料，违背自己的意愿和趣味。所有这一切，都是因为在热恋的那个星期里，她不自觉地签下那不成文的合同时，太粗心大意。

她不再觉得做个贤惠女人是件有趣的事情。忽然之间，婚姻生活的所有岁月就像一个过重的包袱一样落到她身上。

7

玛尔凯塔越来越闷闷不乐，卡莱尔也是一脸怒气。爱娃感到恐慌。她觉得自己对他们的家庭和睦负有责任，于是她就愈发不停地说下去，以便驱散弥漫在房间里的阴云。

不过，这是一项力不从心的任务。蒙受了不白之冤的卡莱尔气坏了，他执拗地一言不发。而玛尔凯塔呢，她既压抑不住内心的哀怨，又容忍不下丈夫的怒气，兀自起身进了厨房。

爱娃试图说服卡莱尔不要破坏他们都期待已久的一个夜晚。但是卡莱尔不肯迁就："不能总是这样下去吧。我再也受不了了！无论什么事都要指责我，我再也不愿意总感到内疚了！况且还是因为这么一件蠢事！这么一件蠢事！不，不！我不能再见她！再也不要看见她！"他原地踱步，不停地重复同样的话，任凭爱娃劝解、求情，也听不进去。

于是，爱娃只好放下他不管，去找玛尔凯塔。玛尔凯塔蜷缩在厨房里，她知道刚才的事情本不该发生。爱娃试图跟她讲明，这个电话一点儿也不能证明她怀疑得有道理。心知自己这次理亏的玛尔凯塔回答说："不能再这样下去了。总是这样的事情。成年累月的，总是一些女人，总是一些谎言。我烦了。烦了。我受不了了。”

爱娃明白夫妻两人都很固执。这时，她想起自己来这里的路上产生的一个含混的想法，最初产生这个念头她还觉得自己动机有些不纯，可是面对此情此景，她心想这也许是个不坏的主意。如果她想帮助他们的话，就不该对自己要采取的行动有所顾忌。他们两个是相爱的，但他们需要有人把他们从重负中解脱出来，让他们获得解放。她来这里的路上所想到的主意，就不只是为了自己着想（是的，无可否认，这首先是为了自己着想，也正是因为这一点她才感到有点心烦，因为她待朋友从来不愿意夹杂着私心）的计划，也是为了玛尔凯塔和卡莱尔着想。

“那我该做什么？”玛尔凯塔问。

“去找他。告诉他别生气。”

“可我不想见他。一点儿也不想！”

“那就低眉顺眼。那样会更动人。”

8

这个夜晚失而复得。玛尔凯塔庄重地拿起一瓶酒，把它递给卡莱尔，卡莱尔用十分气派的动作把瓶子打开，就像奥运会上最后一圈赛跑的发令员一样。酒倒向三个杯子，爱娃摇动着身躯走向电唱机，选了一张唱片，然后在音乐声中（这回可不是巴赫，而是埃林顿[①]的一首曲子），继续在房间里扭来扭去。

“你觉得妈妈睡了吗？”玛尔凯塔问。

“去向她道声晚安也许更周到，”卡莱尔建议。

“一去向她说晚安，她又要唠叨个没完，就又要耽误一个小时。你知道明天爱娃要早起。”

玛尔凯塔觉得他们已经耽误了太多的时间。她拉起爱娃的手，不是去和妈妈说晚安，而是和爱娃一起进了浴室。

卡莱尔一个人留在房间里，伴着埃林顿的音乐。争吵的不愉快烟消云散，他很高兴，但他对这一夜晚不再抱有期待。电话这一小插曲突然之间向他揭示出他一直拒绝接受的事实。他疲倦了，

① Duke Ellington（1899—1974），美国爵士乐史上最重要的人物之一。

不再有任何欲望。

几年前，玛尔凯塔鼓动他三个人一起做爱，有玛尔凯塔还有一个让她吃醋的情妇。当时，他神魂颠倒，因为这建议让他感到兴奋刺激。但是，那样的夜晚没有给他带来什么快乐。相反，就像是一场苦役一样！两个女人在他面前接吻拥抱，但却无时无刻不作为情敌在警觉地互相观察，看他对谁更尽心，待谁更温柔。他谨慎地斟酌自己的每一句话，度量自己的每一次爱抚。他的举止不再像个情人，倒像一个外交家，极尽殷勤、和蔼、礼貌和公道之能事。不管怎么说，他都失败了。首先是他的情妇在做爱过程中泪如雨下，然后是玛尔凯塔开始一言不发。

如果他能够相信玛尔凯塔是纯为了情色——假如她的角色是放荡女人——而需要这样的小型狂欢，她们肯定会让他乐此不疲。但是，由于一开始就约定他的角色是花心男人，他在这一放纵情色中看到的便只是一种痛苦的牺牲，一种慷慨的努力，为了迎合自己的多妻制倾向并维系住他们的幸福婚姻。他永远对玛尔凯塔的妒忌心铭心刻骨，这是他在他们相爱的最初阶段割破的伤口。一看到她在另一个女人的怀抱，他几乎就要跪下来，请求她的宽恕。

但是，放荡的游戏难道会是赎罪的实践吗？

于是，他便想到，如果三个人做爱应该让人受用的话，就不能让玛尔凯塔有遇上情敌的感觉。她应该领回家一个不认识卡莱尔、对卡莱尔不感兴趣的她自己的女友。因此，他才狡猾地设计出爱娃与玛尔凯塔在桑拿室的相遇。计划获得了成功：两个女人成了好友，成了强奸他、与他游戏的同盟和同谋，她们因他而纵情欢笑并一起以他为欲望对象。卡莱尔希望爱娃能够驱散玛尔凯塔心中爱的焦虑，而他自己能最终得到自由并被宣告无罪。

可是，眼下，他注意到数年前约定了的事情是难以更改的。玛尔凯塔一直是老样子，而他总是被告方。

可是，话说回来，他为什么又要促成玛尔凯塔和爱娃的相遇呢？为什么他要和两个女人做爱呢？他做这一切都为了谁呢？任何一个人很久以前都会使玛尔凯塔成为一个快乐、性感且幸福的女孩。任何一个人，除了卡莱尔。他把自己当成西西弗。

真的吗，把自己当成西西弗？玛尔凯塔不是也刚刚把自己比作西西弗吗？

是的，岁月使夫妻两人成为双胞胎，他们有同样的词汇，同样的想法，同样的命运。他们彼此都把爱娃作为礼物送给对方，为的是让对方幸福。他们两人都感觉到在推石上山。他们两人都疲惫了。

卡莱尔听到了浴室传来的水声和两个女人的笑声，他想到他从来没有按自己的意愿活着，按自己的意愿去占有女人，按自己所愿意占有的方式去占有她们。他想逃到什么地方去，一个人，如其所愿地，避开那些爱的目光，去编织自己的故事。

实际上，他甚至都不在意是否要编织故事，他只想一个人待着。

9

玛尔凯塔没有去和妈妈道晚安，还以为她睡着了，这在她是做事不周的表现，因迫不及待而失却了一些敏锐。妈妈这次来看儿子，脑子转动得更快，而今天晚上更是思想活跃。都怨这位可爱的亲戚，她让妈妈想起了年轻时的某个人。可是她想起的是谁呢？

终于，她还是想起来了：诺拉！是的，一模一样的体型，一模一样的身姿，配着一双美丽的长腿。

诺拉缺少善意和谦虚，妈妈多次被她的行为伤害。但她现在不想这些，她所看重的，是自己突然之间在这里回想起一段青春岁月，一道发自半个世纪前的信息。想到她从前所经历的一切还总和她在一起，在她孤寂的时候还围绕着她并与她交流，她感到欣喜。尽管她从来都不喜欢诺拉，可是她很高兴在这里遇见她，更何况她完全被驯服了，并化身到一个对妈妈表示一片敬意的姑娘身上。

想到这一点的时候，她真想马上赶到他们身边去。但她控制住了自己。她完全清楚，自己今天之所以在这里是因为耍了小把戏，这两个怪物愿意单独和他们的表妹在一起。那好，就让他们互诉衷肠去吧！在孙子的房间里，她可是一点儿也不烦。她带着毛线活儿，她有书要看，而且，她脑子一刻也没有闲着。卡莱尔打乱了她的思绪。是的，他是对的，显而易见，她是在大战的时候中学毕业的。她弄错了。背诗的那一段以及忘掉最后一节诗的事情，至少发生在五年之前。校长确实是过来不停地敲厕所的门，而她关在里面泪流满面。只不过，那一年，她只有十三岁，这事发生在圣诞节放假前的一次中学联欢会上。讲坛上有一棵挂满饰物的圣诞树，孩子们唱起圣诞歌曲，然后她背了一首小诗。到最后一节诗的时候，她卡了壳，想不起来后面是什么了。

妈妈为她的记忆力感到羞愧。要和卡莱尔说什么呢？要承认是她弄错了吗？无论如何，他们是把她当成一个老太婆的。他们心很好，不错，可是她也知道他们把她当孩子对待，带着一种让她不愉快的宽容。如果她现在去说卡莱尔是对的，承认自己把少年时期一次圣诞联欢会当成了一次政治集会，他们就会更看高他们自己，而她就更觉得自己渺小。不，不，她不能给他们这一乐趣。

她要对他们说，确实，她是在战后的这次庆典上朗诵了一首诗。确实，当时她已经中学毕业了，但是校长想起她来，因为她朗诵最好，因此请她这个已经毕业的学生来朗诵一首诗。这是无上荣光的事情，而妈妈配得上这一荣誉！她是个爱国者！他们一点儿也不知道战后、奥匈帝国垮台是怎么回事！兴高采烈！到处是歌声，到处是旗帜！这么想着，赶紧过去跟儿子和儿媳讲她的青春岁月的念头又出现了。

此外，现在，她几乎觉得非要去找他们不可了。她确实答应他们不去打扰他们，可那只是一半的真情。另一半真情，是卡莱尔没有理解她可以在战后参加中学里的一次庄严集会。妈妈是个老太太了，有时候记忆力不好使。她没能马上给儿子解释清楚，但是现在她终于回忆起实际上发生的事情，她毕竟不可以假装忘记儿子所提出的问题。这样不好。她要去找他们（不管怎么样，他们之间也不会有什么太要紧的话要说）并且表示歉意：她不想打扰他们，但是，要不是卡莱尔问到了她中学毕业以后怎么还会在中学的一次庄严集会上朗诵诗歌的话，她是断然不会过来打扰他们的。

之后，她听到一扇门打开又关上的声音。她听到两个女人的声音，然后又是重新开门声。然后是笑声，和汩汩的流水声。她想两个女人已经在盥洗准备睡觉了。如果她还想和这三个人聊一会儿的话，她必须马上过去。

10

妈妈这一回来，就像一个诙谐的天神微笑着把手伸给了卡莱尔。时间选得越是不好，她的到来就越是合适。她不用为自己找托辞，卡莱尔马上问了她一串热情有加的问题：她一下午都做了什么，她是否有点感到不开心，为什么她不来看他们？

妈妈对他解释说，年轻人之间总是有说不完的话题，老年人也该知道这一点，避免去打扰他们。

已经能听到两个年轻女人大笑着冲向房门了。爱娃头一个进来，穿着一件深蓝色的T恤衫，下摆刚刚遮盖住那片浓密的阴毛。看到妈妈，她吓了一跳，但她不能再退回去了，她只好冲她微笑，向房间里走来，找到一把扶手椅坐下，好尽快掩盖住她没怎么遮盖的裸体。

卡莱尔知道玛尔凯塔就跟在她后面要出来，他猜想她大概穿着晚礼服。在他们的共同语中，说她穿晚礼服就意味着她脖子上只挂着一串珍珠项链，腰间系着一条猩红色的丝绒巾带。他知道自己应该出面做点儿什么，别让她进来，以免妈妈受到惊吓。但是，该做什么呢？是否他该叫一声“别进来”或者“穿上，妈妈在这儿”？可能有一种更灵便的方式阻止玛尔凯塔进来，可是卡莱尔只有一两秒的思考时间，而在这一两秒的时间里，他脑子里空空如也，反倒沉浸在一种神思恍惚的惬意的迟钝之中。结果他什么也没做，这样玛尔凯塔就迈进了房间门槛，确实是什么都没穿，只挂着一串项链，系着一条巾带。

正在这个时候，妈妈向爱娃转过身来，笑容和蔼地对她说：“你们肯定要去睡了，我不想再打扰你们。”用眼角瞥见了玛尔凯塔的爱娃回答说“不”，她几乎叫喊着说出“不”来，似乎要用自己的声音遮盖住女友的身体。玛尔凯塔终于明白了当前的处境，退到走廊里去了。

过一会儿她出来的时候，穿上了一件长浴衣，妈妈重复着刚才说给爱娃的话：“玛尔凯塔，我不想再打扰你们。你们肯定要去睡了。”

玛尔凯塔正准备答应，可是卡莱尔开心地摇着头接上话说：“不，妈妈，我们很高兴你与我们在一起。”于是，妈妈终于得以给他们讲出一战以后，奥匈帝国垮台的时候，中学校长请她这个已经毕业的学生在中学的庄严集会上朗诵爱国诗篇的故事了。

两个年轻女人听不见妈妈讲了些什么，卡莱尔倒是听得津津有味。我要把这句话明确一下：他并不是对忘掉最后一句诗的那个故事有多少兴趣。这故事，他听了无数次，而又无数次地忘记。让他感兴趣的，不是妈妈所讲的故事，而是妈妈在讲故事，是妈妈和她的世界。妈妈的世界就像是一个大梨子，上面置放着一辆瓢虫般大小的俄国坦克。近在眼前的是校长用拳头敲打着的厕所的门，门后几乎看不见的，是两个年轻女人急不可耐的欲望。

这才是让卡莱尔兴致盎然的地方。他饶有兴趣地看着爱娃和玛尔凯塔。她们在T恤衫和浴衣下面的裸露身躯在急不可耐地颤抖。他因而就更急切地问妈妈一些关于中学校长、关于中学、关于一战的新问题，最后他让妈妈为他们朗诵一下那首她忘记了最后一节的爱国诗篇。

妈妈思忖了一下，然后全神贯注地背诵起那首她十三岁时在中学的圣诞联欢会上朗诵的诗歌。背诵出来的不是一首爱国诗篇，而是关于圣诞树和伯利恒之星的诗句，但是没有人注意到这一细节。妈妈也没有。她只想着一件事：她是否会想起最后一节的那几句诗？她想起来了。伯利恒的星辰在闪耀，三王朝拜来到了马槽。她为自己的成功而激动，笑着摇起了头。

爱娃鼓掌。妈妈这么一看她，就想起她过来要说的更要紧的事情了："卡莱尔，知道你的表妹让我想起谁来了吗？诺拉！"

11

卡莱尔看了看爱娃，不敢相信自己的耳朵："诺拉？诺拉夫人？"

卡莱尔想起了童年时妈妈的这位女友。她是个绝色美人，身材修长，容貌雍容华贵。卡莱尔不喜欢她，因为她为人傲慢，难以接近，可是他的眼睛离不开她。天啊，她和热情洋溢的爱娃有什么相像的地方吗？

"有哇，"妈妈回答说，"诺拉！你看啊，这高挑的身材、体态、脸蛋，都像！"

"站起来，爱娃！"卡莱尔说。

爱娃不敢站起来，她担心身上的T恤衫太短掩饰不住她的阴部。但是，卡莱尔如此坚持，最终她还是服从了。她站起来，双臂贴紧身体，小心地将T恤衫往下拽。卡莱尔目不转睛地看着她，突然，他果真觉得她就像诺拉了。只是远看有点像，难以说清像在哪里，这相像只在闪电般的瞬间才会出现，但是卡莱尔愿意把它抓住，因为他想在爱娃身上看到美丽的诺拉夫人，让这一瞬间久远绵长。

“转过身去，”他命令她。

爱娃犹豫着是否转过去，因为她时刻都在想着自己除了T恤衫什么也没有穿。但是卡莱尔坚持着，连妈妈都开始抗议了：“怎么能让人家小姐像军人那样操练呢？”

卡莱尔固执己见：“不，不，我要她转过身去。”爱娃终于服从了。

不要忘记妈妈视力不太好。她把界碑看成村庄，把爱娃看成诺拉夫人。可是，只要眯缝起眼睛，卡莱尔也会把界碑看成村舍。他不是整整一个星期以来，都羡慕妈妈的视野吗？他眯缝起眼睛，看到眼前出现了一个旧时的美人。

他留有一份难以忘怀的隐秘的记忆。那时候他也许四岁，妈妈，诺拉夫人还有他在一座温泉小城（在哪儿呢？他一点儿也想不起来了），他要在空无一人的更衣室等她们。他一个人在那儿耐心地等着，里面遗落着各种女式服装。后来，一个裸体女人走进了更衣室，她高大、美丽，她转过身去，背对着小男孩，手伸向钉在墙上的挂衣钩，上面挂着她的浴衣。这就是诺拉。

这一赤裸、挺拔、背对着他的身体形象从来不曾从他的记忆中消失。他那时很小，从底下往上看这个身体，带着蚂蚁的视角，就像他现在面对一个五米高的雕塑，要抬起来头看一样。他当时离得很近，可是又无限地远离着，在空间和时间上远离。这一近在咫尺的身体，高高地耸立在他眼前，将他们隔离开的，是数不胜数的岁月。时空上的双重距离，让四岁的小男孩头晕目眩。此时此刻，他依旧感觉到头晕目眩，强烈无比。

他看着爱娃（她一直背对着），看到的却是诺拉夫人。与她相隔的是两米和一到两分钟的距离。

他说："妈妈，您来和我们聊天真好。可是，现在，女士们要睡觉了。"

妈妈走了，谦卑、顺从地走了。他马上就对两个女人讲起了诺拉夫人给他留下的回忆。他蹲到爱娃面前，再次让她转过身去看她的后背，眼睛追寻着从前那个孩子的目光的痕迹。

疲劳感一下被驱除了。他把她扔到地上。她趴在那里，他蹲在她脚边，让目光顺着大腿滑向臀部，然后他跳到她身上，占有她。

他觉得，在她身上的这一跳是跨越无穷岁月的一跳，是一个小男孩从孩提时代冲向成人时代的一跳。之后，当他在她的身体上前后运动的时候，在他看来就像是同一个运动的不断反复，从童年到成年接着又从成年到童年的不断运动，然后再一次地从可怜巴巴地眼看着高不可攀的女性胴体的一个男孩，运动到抱紧这一胴体并将它驯服的一个男人。这一运动，一般衡量，也就是十五厘米的距离，但却像三十年一样长久。

两个女人屈从于他的狂热。他从诺拉夫人身上转到玛尔凯塔身上，然后又回到诺拉夫人身上，就这样在两个人身体上往返，持续了很久。现在，他要歇息一下了。他感到美妙无比，感到前所未有的强壮。他躺在一把椅子上，目视着面前躺在长沙发上的两个女人。在这一短暂的歇息过程中，他眼前看到的不再是诺拉夫人，而是两个多年的女性朋友，他生活的见证：玛尔凯塔和爱娃，他感觉到就像是一个在两副棋盘上刚刚战胜了对手们的象棋大师一样。这一比较让他兴奋莫名，禁不住高声喊道："我是鲍比·费舍尔①，我是鲍比·费舍尔。"他边喊边大声地笑起来。

① Bobby Fisher（1943—2008），美国棋手。

12

当卡莱尔高声叫喊着把自己当成鲍比·费舍尔（此人差不多在同一时期在冰岛获得国际象棋世界冠军），爱娃和玛尔凯塔躺在沙发上，互相拥抱在一起，爱娃悄声地对着玛尔凯塔的耳朵说："同意吗？"

玛尔凯塔说同意，随后把自己的唇贴在爱娃的唇上，亲吻着她。

一小时以前，她们在浴室的时候，爱娃邀请她方便的时候来家里做客（这正是她来这里的路上产生的想法，她还曾对这个想法的诚意表示出怀疑），算是回请玛尔凯塔。她倒是很乐意将卡莱尔也一起邀请，只不过卡莱尔和爱娃的丈夫都喜欢吃醋，不能容忍另一个男人的出现。

当时，玛尔凯塔认为她不能接受，只是笑了笑。不过，几分钟以后，当卡莱尔的妈妈喋喋不休的唠叨在她耳边轻轻掠过的时候，爱娃的建议变得更加让人牵挂，而不是一开始看上去的那样让人不可接受。爱娃丈夫的影子已经与她们在一起了。

后来，当卡莱尔开始喊叫着他四岁的时候，当他蹲着从下往上看站着的爱娃的时候，她心想他真像是四岁的样子，仿佛她亲眼见到他逃回童年。而她们两个在单独相处，只留下他那效率无比的躯体，机械似的坚固耐用，看上去非人一般，空洞无物，可以想象里面载着任何一个灵魂。必要的话，甚至载着爱娃丈夫的灵魂：这是个完全陌生的，没有面孔也没有外表的男人。

玛尔凯塔任凭这个机械的雄性身体在与她做爱，然后她看到这个身体投入到爱娃的两腿之间，但是她尽力不去看这张脸，好让自己想象这是一个陌生男人的身体。就像一场化装舞会一样。卡莱尔给爱娃戴上了诺拉的面具，为自己戴上了一个孩子的面具，而玛尔凯塔又把头从他的身体上拿掉，他成为了一个无头的男性躯体。卡莱尔消失了，一个奇迹发生了：玛尔凯塔自由且快活。

我是否在此要确认一下卡莱尔的怀疑，他认为在他们家中进行的这种纵情声色式的狂欢到目前为止对玛尔凯塔来说只是一种牺牲和磨难？

不，这样说太简单化了。从身体和感官的角度，玛尔凯塔确实对她认为是卡莱尔情妇的那些女人存有欲念。而且从思想上也存有欲念：为实现她那位年长的数学老师的预言，她要——至少在致命的爱情合同的限度之内——展示出自己是大胆放纵的，并且要使卡莱尔感到惊讶。

只是，她一旦赤身裸体地和她们躺在长沙发上，放纵情欲的想法就从她脑海中消失了，并且只消一看到她丈夫就足以把她逐回到自己的角色之中，她的角色就是贤惠却倍受伤害的女人。甚至与爱娃在一起的时候，即便她很喜欢爱娃，也不吃她的醋，她深爱的男人的存在对她还是形成巨大的压力，窒碍了她感官的快乐。

现在，她把头从身体上拿下来，便感触到陌生且迷人的自由。身体的匿名状态，便是忽然被发现的天堂。有了这一奇怪的快感，她从自己身上驱走了伤痕累累且过于警觉的灵魂，变成一个简单的没有记忆也没有过去的身体，但这身体更易于接受，也更贪得无厌。她温柔地爱抚着爱娃的脸，而那无头的身体在她的身上有力地运动着。

可是，现在那无头的身体停止了运动，发出的声音令她不快地想起卡莱尔的声音，大声地说着一句愚蠢透顶的话："我是鲍比·费舍尔！我是鲍比·费舍尔！"

就像是闹钟把她从睡梦中惊醒一样。正在这个时候，由于她紧抱着爱娃（就像被惊醒的人紧抱着枕头躲避朦胧的日光一样），爱娃问她"同意吗"，她表示同意，点了下头，并把嘴唇贴到爱娃的嘴唇上面。她一直爱着爱娃，但是今天，她头一次用所有的感官去爱她，为了她自己，为了她的身体和她的肌肤，她就像获得了突然的启示一样沉醉在这肉欲之恋中。

后来，她们并排躺下，趴在长沙发上，臀部微微翘起，然后，玛尔凯塔通过皮肤感觉到那个极有效率的身体又重新盯着她们看起来，它随时又要开始与她们做爱。她尽力不去听那个说自己眼前看到的是美丽的诺拉夫人的那个声音，她尽力让自己成为一个听不见声音的身体，让自己贴紧那个非常温柔的女友，贴紧那个无头的随便哪一个男人。

当一切都结束的时候，她的女友马上睡着了。玛尔凯塔羡慕着这动物般的睡眠。她愿意在她唇上吸吮这一睡意，跟着这一节奏睡去。她贴紧她的身体，闭上眼睛，这给卡莱尔一个假象，他认为两个女人睡着了，就走到隔壁的房间去睡。

早晨四点半钟，她打开了他的房门。他半睡半醒地看看她。

“睡吧，爱娃我来管，”说着，她温柔地吻了他一下。他转过身去，马上又睡了。

在汽车里，爱娃又问她一次：“同意了？”

玛尔凯塔不再像昨天那样肯定。是的，她也很想摆脱掉那些不成文的古老的传统规范。可是，怎样做才能不让爱情化为乌有呢？怎么办呢，既然她还继续那么爱着卡莱尔？

爱娃说：“别害怕。他什么也不会发现的。说句心里话，你们两个之间早就约定好了的，是你对他有怀疑，而不是他对你。你真的不用担心他会怀疑到什么。”

13

爱娃在颠簸的车厢里瞌睡起来。玛尔凯塔从车站回来，又睡下了（一个小时以后她要再起床，准备去上班），现在该轮到卡莱尔送妈妈去车站了。今天，是坐火车的日子，再过几个小时（那时夫妻两人都已经上班了），他们的儿子就会走下站台，为这个故事画上句号。

卡莱尔还沉浸在昨夜的美色之中。他知道，在一千或三千次性行为中（他一生做过多少次爱呢？），只有两三次是真正有实质意义，令人难以忘怀的，其他不过是一些反复、模仿、重复或者回味。而卡莱尔知道，昨天的爱是这两三次伟大的性爱中的一次，他心中生出无限的感激之情。

他开车送妈妈去车站，路上她不停地说话。

她说什么？

首先她感谢他：她在儿子和儿媳家感觉很好。

然后，她向他抱怨：他们对她犯下了很多错。当他和玛尔凯塔住在她那里时，他对她缺乏耐心，甚至经常表现出粗鲁，漠不关心，她为此非常难过。是的，她承认，这次他们非常之好，和以往有所不同。他们变了，是的。可是，他们为什么要等待这么长时间才有所改变呢?

卡莱尔听着这一长串唠唠叨叨的埋怨（他都背下来了），但他一点儿也没有生气。他用眼角看了妈妈一眼，又一次吃惊地看到她是如此之小。好像她的一生都是个不断缩小的过程。

可是，这一缩小是怎么回事呢?

是一个人真正地缩小吗，放弃了成人的维度，开始了一个长长的旅程，通过衰老和死亡走向没有维度只有虚无的远方?

或者，这一缩小只是个视觉幻象，因为妈妈离得远，在别处，于是他远远地看见她，她看起来就像是一只绵羊、一只山雀、一只蝴蝶?

当妈妈暂时停止了一连串的抱怨后，卡莱尔问她："她怎么样了，诺拉夫人?"

"现在，她是个老太婆了，你知道。她差不多瞎了。"

"你们常见面吗?"

"这你还不知道?"妈妈生气地说。两个女人早就互相不理睬了，她们恶语相向，吵成一团，分了手，再也没和好过。卡莱尔应该记得。

"你不知道我小时候我们和她一起度假是在什么地方吗?"

"当然知道，"妈妈说道，随后她说出了波希米亚一个温泉小城的名字。卡莱尔很了解这座城市，但他从来不知道是在那里，确切地说，是在那里的一个更衣室，他看到了赤身裸体的诺拉夫人。

此时此刻，他的眼前出现了那座温泉小城重峦叠嶂的景色，有着雕刻立柱的木制柱廊，城市四周的山峦上布满草地，上面有羊群在吃草，听得见羊铃儿的叮当声响。他在脑海中将诺拉夫人赤裸的身体种植在这片景色之中（就像一个粘贴画作者将一幅版画剪下来贴在另一幅版画上一样）。他心想，所谓美，就是星光一闪的瞬间，两个不同的时代跨越岁月的距离突然相遇。美是编年的废除，是对时间的反抗。

他心中充盈着这种美，以及对美的感激。然后，他突如其来地说："妈妈，玛尔凯塔和我，我们想，您也许还是愿意和我们住在一起。换个大一点儿的公寓房不是什么难事。"

妈妈抚摩着他的手："你心肠真好，卡莱尔。真好。我很高兴你跟我说这个。可是你知道，我的鬈毛狗在那边有了它的习惯。我也和邻居们交了一些朋友。"

然后，他们就上了火车。卡莱尔要为妈妈找一节车厢，可是他们觉得哪节车厢都人多，不舒服。最终，他让妈妈在头等车厢坐下，跑着去找检票员办理补票。由于他手里正拿着钱夹，他就抽出了一张一百克朗的钞票，放在妈妈的手里，仿佛妈妈是一个要被送到远方、送到广袤世界里的小女孩。妈妈不动声色、自然而然地接过钱，就像一个习惯了大人不时给她塞些零用钱的小学生一样。

然后，火车启动，妈妈靠在车窗旁，卡莱尔在站台上，长时间向她挥手，长时间，一直挥到最后。

第三部

天使们

1

《犀牛》是欧仁·尤奈斯库[①]的一部剧作，里面的人物，出于让彼此相近相似的意愿，纷纷变成了犀牛。加百列和米迦勒是两个美国青年女子，她们在地中海沿岸的一座小城为外国留学生办的假期班里学习这部剧作。她们是老师拉斐尔夫人最宠爱的学生，因为上课的时候，她们总是全神贯注地看着她，认真地记下她讲的每个要点。今天，她让她们回去一起准备一篇关于该剧的报告，下次课上给同学们讲一下。

“我不太懂这是什么意思，他们都变成了犀牛，”加百列说。

“应该把它作为象征来解释，”米迦勒说。

“确实，”加百列说，“文学是由符号构成的。”

“犀牛，首先是一个符号，”米迦勒说。

“不错，可是，即使我们承认他们没有变成真正的犀牛，只是变成了符号，为什么是这个符号而不是另一个符号？”

“是的，这肯定是个问题，”米迦勒忧郁地说。两个正赶回学生宿舍的姑娘，沉默了好一会儿。

---

① Eugène Ionesco（1904—1994），罗马尼亚出生的法国荒诞派戏剧家。

加百列打破了沉默：“你不认为这是男性生殖器的象征吗？”

“什么？”米迦勒问。

“牛角，”加百列回答。

“真的，”米迦勒叫了起来，可是随后就犹豫了，“可是，为什么他们男男女女都变成男性生殖器的象征？”

朝着宿舍方向赶路的两个年轻姑娘又沉默不语了。

“我有个想法，”米迦勒突然说。

“什么想法？”加百列感兴趣地问。

“再说，这也是拉斐尔夫人多少暗示过的，”米迦勒说着，逗引着加百列的好奇心。

“那么，是什么呀？说呀，”加百列迫不及待地催问。

“作者要制造一个喜剧效果！”

女伴表达的想法是那样让她着迷，加百列出神地专注于这个想法，腿都忘了迈，脚步就慢下来。两个姑娘停了下来。

“你认为犀牛的象征是为了制造一个喜剧效果？”她问。

“是的。”米迦勒回答，她微笑着。那微笑是发现了真理的人的那种骄傲的微笑。

“有道理，”加百列说。

两个姑娘互相看了看，为她们自己的发明创见甚感开心，嘴角上颤动起一丝骄傲。然后，突然一下子，她们就发出了尖叫，那声音短促，时断时续，很难用言语形容。

2

笑？人们什么时候关心过笑？我想说的是真正的笑，高于玩笑、嘲笑和可笑的笑。笑，无边的快感，美妙的快感，完全的快感……

我对自己的姐妹说，或是她对我说，来，我们来玩笑的游戏？我们并排躺在床上，开始了游戏。当然，是假装的。勉强地笑。可笑地笑。笑得如此可笑，让我们都笑了起来。这时候，它来了，真正的笑，完全的笑，如滔滔江水，把我们裹挟进去。笑得迸发、反复、冲撞、放肆，笑得气派、奢侈、疯狂……我们为自己的笑中之笑而笑得死去活来……啊，笑！快感之笑，笑之快感；笑着，就是如此深切地活着。

我上面引的这段文字选自一本名为《女人之言》的书，它是一九七四年由一个狂热的女权主义者写的，而女权主义深深地给我们这个时代的风尚打下了印记。这是一篇关于快乐的神秘主义宣言。针对男性的性欲望，以勃起的转瞬即逝为指向并注定与暴力、毁灭和消亡相联的性欲望，作者通过颂扬它的极端对立面，提出了女性的快感，它温情脉脉，无所不在，连绵悠长。对于女人来说，只要她没有丧失掉其自身的本质，吃，喝，拉，撒，摸，听，甚至在某处存在着，一切都是快感。这些快感的列举，就像美丽的连祷文一样，贯穿于该书的始终。活着就是幸福：看，听，摸，喝，吃，撒，拉，入水与看天，笑和哭。如果性交为美的话，那是因为它集中了生命所有可能的快感：触摸，看，听，说，嗅，还有喝，吃，排泄，了解，舞蹈。喂奶也是一种快乐，甚至妊娠也是一种快感，月经亦奇妙无边，那是温凉的琼浆，隐晦的乳汁，血液甜蜜且温柔的流淌，疼痛中蕴含着幸福的灼热气味。

只有傻瓜才会对这一快乐的宣言发笑。所有的狂热信仰都带着夸张。狂热式的神秘主义，如果它要把狂热进行到底，把谦逊进行到底，把快感进行到底的话，应该对可笑无所畏惧。正像圣女特蕾莎在弥留之际微笑一样，圣女安妮·勒克莱尔[①]（我所引的那本书的作者就叫这个名字）声言：死亡是欢乐的一部分，只有男性才惧怕它，因为他可怜地迷恋着他渺小的自我和渺小的权力。

上面，在快感之殿宇的顶端，响起来笑声，那是幸福的妙美显现，快感的极度充盈。快感之笑。笑之快感。不可否认，这一

---

① Annie Leclerc（1940—2006），法国女权作家，代表作为《女人之言》（*Parole de femme*）。

笑高于玩笑、嘲笑和可笑的笑。两个躺在床上的姐妹不是具体在笑什么，她们的笑没有对象，那是存在娱悦于其所以存在的表达。正如呻吟是感到疼痛的人自受伤的身体自发流露的现时表达（该身体是在过去和未来之外的全部存在）一样，发出快意之笑的人也是没有回忆，没有欲望的，因为他把自己的笑声抛给了眼前的世界，却不想对这个世界有什么了解。

大家肯定能回想起这样一个场景，因为在数不清的拙劣电影中都看见过：一个小伙子和一个姑娘手拉着手，在春天（或者夏天）的美丽景色中奔跑。他们跑着，跑着，跑着，笑了起来。两个奔跑者的笑声是向全世界宣告，也是向所有这些电影的观众宣告：我们很幸福，我们很高兴生活在这个世界上，我们与存在合为一体！这是个愚蠢的场景，一个俗套，但是它表达的是人类的一种基本态度：严肃的笑，高于玩笑的笑。

所有的教会，所有的服装制造商，所有的将军，所有的政党，他们都在这个笑方面达成一致，而且大家都忙不迭地把这两个又跑又笑的青年的形象贴在他们的宣传画上，用来宣传他们的宗教，他们的产品，他们的意识形态，他们的人民，他们的性以及他们的洗碗用品。

米迦勒和加百列所发出的笑，正是这一种笑。她们走出一家玩具店，手拉着手，在她们的另一只手上，每个人都摇着一只小口袋，里面装着彩纸、胶带和橡皮绳。

“拉斐尔夫人一定会欣喜若狂，你看着吧，”加百列一边说，一边发出尖锐且断续的声音。米迦勒同意这一点，也发出了差不多同样的声音。

3

一九六八年，俄国人占领我的国家不久，他们剥夺了我的工作（和成千上万的其他捷克人一样），没有人有权利给我另外一份工作。这时，一些年轻的朋友就来找我，他们过于年轻，还上不了俄国人的名单，还能留在编辑部、学校、电影厂里。我永远也不会出卖这些年轻的朋友，这些善良且年轻的朋友，他们建议我以他们的名字写一些广播剧，电视剧，话剧剧本，文章，报道，电影剧本，以使我不为生计发愁。我利用了一些方便，但是经常是拒绝他们，因为我做不出他们建议我做的一些东西，另外也因为这很危险。不是对我，而是对他们。秘密警察要让我们饥寒交迫，迫使我们投降并当众认错。因此，他们严密地监视着那些会让我们突围的可怜出口，并严厉地惩罚那些把名字作为礼物送给我们的人。

在这些慷慨的捐赠者中，有一个叫做 R（我没必要掩饰什么，因为一切都被发现了）的年轻女子。这个羞怯、文静且聪明的女孩是发行量惊人的一份青年杂志的编辑。由于这份杂志当时不得不发表大量生硬的政治文章来歌颂兄弟般的俄国人民，编辑部在想办法如何吸引广大读者。于是，它决定例外地背离一下纯粹的马克思主义意识形态，开办一个星相专栏。

在我受排斥的那些年月里，我做了成千上万份星相算命。既然伟大的哈谢克[1]能做狗贩子（他卖了很多偷来的狗并且把许多杂种狗当纯种卖掉），为什么我不能搞星相算命呢？我从前从巴黎朋友那里收到过安德列·巴尔博的所有论著，他的名字后面总要骄傲地附上国际星相学会主席的称号。我伪造他的笔迹，在书的扉页上用鹅毛笔写上*米兰·昆德拉惠存，安德列·巴尔博题*。我把这些有题字的书不经意地放在书桌上，看见我的布拉格主顾们对此惊讶不已，我便对他们解释说，我曾经作为杰出的巴尔博的助手在巴黎待过几个月。

当R来请我秘密地为她的周刊主持一个星相专栏时，我满口应承下来，并建议她对编辑部说，这些文章的作者是一个原子专家，之所以不愿意透露姓名，是担心成为同事们的话柄。在我看来，我们的事情受到了双重的保护：一个并不存在的专家，还有他的笔名。

我于是动手用假名写了一篇又长又漂亮的论占星术的文章。然后，每个月就不同的星相写一篇比较荒唐的短文，并由我自己来为金牛座、白羊座、处女座、双鱼座等画出小画片。收入是可

① Jaroslav Hasek（1883—1923），捷克作家，《好兵帅克》的作者。

笑的，事情本身也没什么有趣和出彩的地方。这一切中惟一有趣的地方，就是我的存在，一个被从历史和文学书还有电话簿里抹掉的人的存在，一个死去现在又通过奇怪的显身活转过来的人，在向成千上万的社会主义国家的青年灌输着占星术的伟大真理。

有一天，R告诉我她的主编被这位星相学家征服，想让他为自己算一命。我非常高兴。主编是被俄国人安排为杂志社领导的。他半辈子都在布拉格和莫斯科学习马克思列宁主义。

R笑着对我解释说："他有点不好意思提这事儿。他希望不要闹得满城风雨，让别人说他相信中世纪的迷信。但是他非常想试试。"

"好哇，"我说，并且我很高兴。我了解这个主编，他除了是R的老板以外，还是主管干部的党的高级委员会成员，经他的手毁掉了我不少朋友的性命。

"他想保持完全匿名。我要给你他的出生日期，但你不该知道是他的。"

这更让我觉得好玩了："好哇！"

"他要给你一百克朗作为算命费用。"

"一百克朗？他怎么想得出来，这个吝啬鬼。"

他托人转送来一千克朗。我涂了满满十页纸，描述他的性格，勾勒出他的过去（我是足够了解的）和将来。我花了整整一个星期来完成我的作品，并且和R进行了详细的咨询。通过星相算命，实际上可以巧妙地影响甚至引导人们的行为。我们可以建议他们做一些什么事，提醒他们注意另外一些事，并且通过让他们了解他们未来的厄运，促使他们变得更为谦卑。

不久以后，我再见到 R 的时候，我们笑个不停。她说，主编自从看了自己的星相运势后，变得更好了。他开始对自己的严厉略有收敛，因为星相学让他注意这一点。他十分重视自己能够做到的那一丁点善良。在他那经常处于失神状态的目光里，可以看出一种忧伤，那是因为知道自己的星相为他的未来只留下痛苦而产生的忧伤。

4（关于两种笑）

把魔鬼构想成恶的信徒、天使构想为善的战士，那是接受了天使的蛊惑人心的宣传。事情当然比这要复杂。

天使不是善的信徒，而是造物的信徒。而魔鬼则是拒绝承认神造的世界是有理性意义的。

大家知道，天使和魔鬼分享着对世界的统治。然而，世界之善并不意味着天使要高出魔鬼一筹（小时候我是这么以为的），而是说双方的权力差不多是均衡的。如果世界上有太多毋庸置疑的意义（天使们的权力），我们会被它压垮。如果世界丧失了所有的意义（魔鬼的统治），我们也无法活下去。

当事物突然失却了它们预定的意义、脱离了既定秩序中应有的位置的时候（在莫斯科受过训练的马克思主义者相信占星术），就会引起我们发笑。最初，笑属于魔鬼的领域。它有些恶意的成分（事物突然显得与它们平时被认为的样子有所不同），也有一些善意解脱的成分（事物显得比原来的样子更为轻松，让我们更自由地生活，不再以它们的庄严肃穆来压迫我们）。

当天使第一次听到魔鬼的笑声的时候，他惊呆了。那是在一次盛宴上，大厅里坐满了人，人们一个个跟着魔鬼笑，那笑传染性极强。天使很清楚，这笑是针对上帝和上帝之作品的尊严的。他知道要赶快反击，不拘形式，可是他感到软弱无力。因为什么也发明不出来，他仿效起对手来。他张开嘴，在他音域的高音区发出断续的颤动的声音（在一座沿海城市的街道上，米迦勒和加百列发出的是差不多的声音），但却赋予它相反的意义：魔鬼的笑指向的是事物的荒谬，而天使为之感到欣悦的，则是世间的一切都井然有序，出自智慧的设计，尽善尽美且充满意义。

这样，天使和魔鬼就互相面对着，他们张开嘴巴，发出差不多同样的声音，但是各自通过这声音所表达的却是相反的事情。魔鬼看着天使笑，就笑得更厉害，笑得更欢，也更赤裸裸了，这就使得天使之笑变得极为可笑。

可笑的笑，就是溃败。然而，天使们也有所收获。他们通过语义假冒欺骗了我们。要指称他们的模仿之笑和原创之笑（魔鬼的笑），只有“笑”这一个词。今天，我们还意识不到的是：同样的外部显现涵盖着两种截然相反的内在态度。有两种笑存在，可是我们没有什么词能把它们区分开来。

5

一份画报发表了这样一幅照片：一列身穿制服的人站在那里，肩上扛着枪，头上戴着佩有透明防护面罩的钢盔，他们注视着一些穿着牛仔裤和T恤衫的青年男女，这些青年人手拉着手，在他们眼前跳着一种圆舞。

很明显，这是和警察发生冲突前的一段间歇，警察在守卫着某个核电站，某个军事训练营地，某个政党的党部，或者是某个大使馆的玻璃窗。年轻人利用这段间歇，围成了一个圈，伴着一段流行音乐的简单的叠句曲调，原地踏两步，向前迈一步，然后抬起左腿，然后又抬起右腿。

我似乎理解他们：他们觉得自己在地上画的圈是一个有魔力的圆圈，把他们像指环一样联结起来。而他们的胸膛里也充满着一种强烈的天真情怀：让他们联合在一起的，不是士兵或法西斯突击队的那种"开步走"，而是孩子们跳的那种"舞蹈"。他们要把自己的天真唾到警察的脸上去。

摄影师也是这样看他们的，他突出了这一强烈对比：一边是队列式虚假（强制与命令）地统一为一体的警察，另一边是圆圈式真正（真诚并自然）合为一体的青年；一边是伺机采取阴险行动的警察，另一边是沉浸在游戏的欢乐之中的青年。

在一个圆圈里跳舞是令人着魔的；圆圈又从数千年之远的记忆中向我们预兆着什么。大学教师拉斐尔夫人从画报上剪下这张照片，充满梦想地盯着它看。她也想在一个圆圈里跳舞。她一辈子都在寻找一个男女组成的圆圈，让她和别人手拉着手一起跳圆舞。她首先在卫理公会里寻找（她父亲是个狂热的教徒），然后是在共产党里，然后是在托洛茨基党里，然后是在异端托洛茨基党里，然后是在反堕胎运动中（孩子有生命权！），然后是在堕胎合法化运动中（女人有权支配自己的身体！）；她曾在马克思主义者、精神分析学家、结构主义者那里寻找；她曾在列宁、在禅宗佛教、在毛泽东那里寻找；她也曾在瑜伽信徒、新小说流派里寻找。最后，找来找去，她希望至少要和她的学生们和谐一致，同他们结为一体。这就意味着她总是强迫自己的学生和她想的一样、说的一样，于是终于有人与她在同一个圆圈、同一曲舞蹈中身体合一、精神合一了。

这时候，她的学生加百列和米迦勒正在她们的房间里，在学生宿舍。她们投身到尤奈斯库的剧作之中，米迦勒大声读道：

逻辑学家对老先生说：拿一张纸，计算。从两只猫身上拿下两条腿，每只猫还剩下多少条腿？

老先生对逻辑学家说：有好几种可能的答案。一只猫可以有四条腿，另一只有两条。还可能有一只猫有五条腿，而另一只猫只有一条。从两只猫的八条腿上拿下两条，结果会是一只猫有六条腿，另一只猫一条也没有。

米迦勒打断了她的朗读："我不明白怎么给猫拿下腿来。能把腿砍下来吗？"

"米迦勒！"加百列叫起来。

"我还不懂一只猫怎么可能有六条腿。"

"米迦勒！"加百列又喊叫起来。

"什么？"米迦勒问。

"你难道忘了吗？还是你自己说的呢！"

"什么？"米迦勒又问。

"这段对话肯定是为了制造一个喜剧效果！"

"你说得对，"米迦勒边说边高兴地看着加百列。两个姑娘互相看着，她们的嘴角骄傲地颤动着，最后，从她们的口中发出了来自音域的高音区的短促且断续的声音。然后是同样的声音，仍旧是同样的声音。勉强地笑。可笑地笑……笑的迸发、反复、冲撞、放肆，笑的气派、奢侈、疯狂……啊，笑！快感之笑，笑之快感……

此时，拉斐尔夫人正孤零零一个人在地中海沿岸一座小城的街道上游荡。她突然抬起头来，就好像从远处传来飘浮在轻柔的空气里的一段乐曲，又好像她嗅到了来自远处的一股气味。她停下来，她听到了脑中空虚的叫喊，是空虚在抗争，想被填满。她觉得在某个地方，离她不远的地方，有大笑的火焰在颤抖，也许在某个地方，在不远处，有一些人手拉着手，围成圆圈在跳舞……

她就这样停了一会儿，她心绪烦躁地看看周围，然后突然之间，那神秘的音乐停了下来（米迦勒和加百列停止了笑；她们突然感觉到厌烦，因为等待她们的是无爱的空虚之夜）。内心无端地骚动不已却又得不到满足的拉斐尔夫人，穿过沿海小城的红灯区回到家中。

6

我也在圆圈里跳过舞。那是一九四八年，共产党人在我的国家刚刚取得胜利，社会党和基督教民主党的部长们避难到了国外。我搭着其他共产党学生的手或肩，我们原地跳两步，向前迈一步，一边抬起右腿，然后另一边抬起左腿。我们几乎每个月都做这个，因为总有什么要庆祝，一个周年纪念或是随便哪个事件。过去的不公正被弥补，新的不公正又产生，工厂被国有化，成千的人进了监狱，医疗实行公费制，烟店掌柜被没收了烟草铺，老工人第一次出门度假，住在国家没收的别墅里，而我们的脸上挂着幸福的微笑。其后，某一天，我说了不该说的什么话，我被党逐出门外，也就不得不离开跳舞的圆圈。

我在这时候才理解了圆圈的神秘意义。要是离开队列的话，还是可以回到队列的。队列是一种开放式的组成。而圆圈是封闭的，一离开就回不来了。行星绕着圆圈转动，这不是偶然的，如果一块石头跌落出来，那它就在离心力的作用下，万劫不复地远去了。正如脱离了星球的陨石一样，我离圆圈而去，直到今天还在不停地坠落。有些人注定是盘旋落地而死，有些人垂直落地。

这些直落的人（我是其中的一个）身上总是对失去的圆圈有一种羞怯的怀恋，因为在我们所居住的这个宇宙里，万事万物都是绕着圆圈运转的。

天知道又是哪一个周年纪念日，布拉格的街上又有了青年人在跳舞的圆圈。我在这些人中间游荡，我离他们很近，但是我不被允许加入任何一个圆圈。那是一九五〇年六月，米拉达·霍拉科娃前一天被绞死了。她是社会党议员，法庭指控她阴谋危害国家。与她同时被绞死的是扎维斯·卡兰德拉，捷克超现实主义者，安德烈·布勒东[①]和保尔·艾吕雅[②]的朋友。年轻的捷克人在跳舞，他们知道，就在前一天，在同一个城市，一个女人和一个超现实主义者被吊在了绳索上。他们跳得更狂热了，因为他们的舞蹈是他们天真无邪的显现，他们的天真无邪与两个被绞死的人的罪恶行径，形成鲜明的对照：那两个人背叛了人民，背叛了希望。

安德烈·布勒东不相信卡兰德拉背叛了人民和人民的希望，在巴黎他呼吁艾吕雅（一九五〇年六月十三日的一封公开信）出面抗议这一无端指控并设法营救他们的老朋友。可是，艾吕雅正在一个连接着巴黎、莫斯科、布拉格、华沙、索非亚和希腊的宏伟的圆圈里跳着舞，在世界上所有的社会主义国家和所有的共产

---

① André Breton（1896—1966），超现实主义诗人，曾加入法国共产党。

② Paul Eluard（1895—1952），超现实主义诗人，曾加入法国共产党。

党之间跳来跳去，他在到处吟诵着他那世界大同的美丽诗句。读到布勒东的信后，他原地跳两步，向前跳一步，摇了摇头，拒绝去捍卫人民的叛徒（在一九五〇年六月十九日的《行动》周刊上），并开始用铿锵的声音朗诵起来：

我们要为天真无邪
填补上我们一直
所缺少的力量
我们将不再孤单。

而我当时正在布拉格的街上游荡，我的周围旋动着又笑又跳的捷克青年的圆圈。我知道，我不是他们那边的，而是在卡兰德拉一边，他也脱离了圆形轨道，坠落下去，不断坠落，直到掉进了囚犯的棺材。可是尽管我不是他们那边的人了，我还是在羡慕和留恋中看着他们在跳舞，我的眼睛离不开他们。在这个时候，我看到了他，就在我眼前。

他搭着他们的肩，在和他们一起唱那两三个极简单的音符，他一边抬起左腿，然后另一边抬起右腿。是的，是他，布拉格的宠儿，艾吕雅！忽然，和他一起跳舞的人们静了下来，他们在一片寂静中继续舞动，而他则伴着鞋跟嗒嗒落地的节奏，抑扬顿挫地吟诵起来：

我们远离休息，我们远离睡眠，
我们要赶超黎明和春天
我们要按照我们的梦想
让时日和四季为我们构建。

然后，所有人突然都开始唱起这三四个极简单的音符，并且加快了舞蹈的速度。他们远离着休息和睡眠，赶超着时间，填补着他们的天真。他们每个人都微笑着，而这时艾吕雅向和他搭着肩的一个年轻姑娘倾下身来：

向往和平的人脸上总是挂着微笑。

那姑娘就开始笑了起来，脚更有力地踩踏着碎石路，以致她从地面升高了几厘米，带着其他人一起升高。不一会儿，他们中没有任何一个人脚还着地，他们离开地面，原地跳两步，向前跳一步。是的，他们在圣瓦茨拉夫广场上空飞翔，他们的圆舞就像是飞扬起来的一个大花冠，而我在下面的地上跑着，抬眼看着他们，看着他们越来越远，看着他们在飞翔中一边抬起左腿，随后另一边抬起右腿。在他们的下面，是布拉格，是布拉格充满了诗人的咖啡馆，充满了人民叛徒的监狱，而在焚尸炉里，人们正焚烧着一个社会党女议员和一个超现实主义作家，烟雾就像一个吉祥的预兆一样升向天际，我听到了艾吕雅那铿锵的声音：

爱在工作着，不知疲倦。

我循着这个声音在布拉格的街上跑着，担心看不到在城市上空飞翔的由人的身体编织成的美丽花冠，并且我惶恐不安地认识到：他们像鸟儿一样飞升，而我像石头一样坠落；他们有翅膀，而我永远也不会再有。

7

卡兰德拉在被处决十八年后，得到了平反昭雪，可是几个月以后，俄国的坦克就开进波希米亚，马上就有成千上万的人被控背叛了人民和人民的希望。一些人被投入监狱，大多数人被剥夺工作。又过了两年（也就是艾吕雅在圣瓦茨拉夫广场飞翔二十年以后），作为这些新受指控的人里面的一个，我在一个面向捷克青年的画报上主持一个星相专栏，达十二个月之久。我的最后一篇关于人马座的星相文章发表一年以后（那是一九七一年十二月的事情），我接待了一个我不认识的青年男子的来访。他什么也不说，给了我一个信封。我撕开它，读里面的信，可是费了半天劲我才明白那是 R 的一封信。笔迹辨识不清，写这封信的时候，她可能正心烦意乱。她尽力说得拐弯抹角，好让除了我以外任何人都看不懂，可这么一来我本人也只看懂了一半。我弄清楚的惟一一件事，是说事过一年以后我的作者身份被发现了。

那个时候，我在布拉格的巴尔托洛梅街上有一套单间公寓。这是一条小街，但很有名。所有的楼房，除了其中的两座（包括我住的这座），都属于警察局。当我从我在五层的大窗户往外面看的时候，我看到上面、在楼顶的上方，是赫拉德钦塔楼，而下面是警察局的院子。上面，展现的是波希米亚国王们辉煌的历史；下面，发生的是著名囚犯的故事。他们都在那里坐过牢，有卡兰德拉和霍拉科娃，斯兰斯基和克莱门蒂斯，还有我的朋友沙巴塔和许布尔。

小伙子（一切都表明，他是 R 的未婚夫）极其谨慎地看了看自己的周围。他显然认为，警察安了窃听器监视我的房子。我们悄悄地用头部示意，之后走了出去。我们先是一言不发地走路，一直到走到喧嚷的民族大街，他才对我说 R 想见我一面，我不认识的他的一个朋友把他在郊区的公寓房借给我们秘密约会。

第二天，我坐了很长一段有轨电车，一直来到布拉格城边。那是十二月份，我的手冻僵了。早晨这个时间，宿舍楼里空无一人。根据小伙子给我做的描述，我找到了那座楼房，我坐电梯上了四层，看看门上的主人姓名卡，按了门铃。房间寂静无声。我又按了一次，但没有人开门。我又回到街上。我在寒冷的街上又溜达了半个小时，心想 R 可能迟到了，她要是从电车站出来一路从人行道走过来时，我就会碰见她。可是，连个人影都没有。我又坐电梯上了楼。我又按门铃。几秒钟以后，我听见房间里响起抽水马桶的声音。这时候，我觉得就好像有人在我身体里放置了一个能映照出恐慌不安的玻璃体。我从自己的体内能感受到不能为我开门的年轻姑娘的恐惧，她五脏六腑都充满着恐慌。

她开了门，脸色苍白，但还是微笑着，尽可能像往常一样可爱。她开了几句笨拙的玩笑，说我们终于在一个无人的房间里两个人单独相处了。我们坐下来，她跟我说最近被叫到警察局去了。他们盘问了她一整天。头两个小时，他们问了些无关紧要的问题，她当时觉得自己把握着局势，和他们开着玩笑，不客气地问他们是不是就因为这些愚蠢的问题而不让她去吃午饭。正在这时，他们问她：亲爱的 R 小姐，是谁在你们的画报上为您写了那些星相文章？她脸红了，试图跟他们谈某个她不愿意透露姓名的物理学家。他们问：您认识昆德拉先生吗？她说她认识我。有什么不妥吗？他们回答说：没什么不妥，可是您知道昆德拉先生对星相学感兴趣吗？这事儿我不知道，她说。这事儿您不知道？他们笑着对她说。布拉格满城皆知，而这事儿您不知道？她又说了一会儿原子专家的事儿，其中的一个警察就开始对她大叫起来：别胡扯了！

她跟他们说了实情。报社编辑部想开一个星相专栏但不知道该找谁写。R 认识我，请我来帮助她。她肯定没有触犯任何法律。他们同意她的说法。不，她没有触犯任何法律。她违背的是内部条例，条例规定禁止与那些曾背信于党、背信于国家的人进行合作。她提醒他们说，没有发生任何严重的问题：昆德拉先生的名字一直是隐匿的，使用笔名也没有冒犯任何人。至于昆德拉先生领取的报酬，甚至都不值得一提。他们又对她说不错，是没有发生什么严重问题，确实，他们只是要做一个关于事情经过的笔录，她签字就可以了，她没什么可担心的。

她签了那份笔录，两天后主编找她谈话，告诉她她被解雇了，立即生效。当天她就去了一家电台，那家电台里的朋友一直建议她来他们那儿工作。他们高兴地接待了她，可是第二天来填表的时候，很喜欢她的人事主管神情黯然地说："孩子，瞧瞧你做的傻事！你毁了自己的一生。我绝对一点儿也帮不上忙。"

她首先犹豫是否要跟我说，因为她向警察保证不把受审问的情况告诉任何人。但是，她又接到警方的传讯通知（第二天她要去警察局），她决定还是和我秘密见上一面，以便统一口径，一旦我也被传讯时，两个人的说法不致互相矛盾。

这不难理解，R 不是胆怯，她只是年轻，不谙世事。她刚遭受到第一下打击，不可理喻的、意想不到的打击，这将让她终生难忘。我明白，我是被选来当作黑手的，通过我来达到警告并惩罚人们的目的，我开始对自己感到害怕了。

她嗓音发紧地问我："您认为，他们会知道您算命拿了一千克朗的事儿吗？"

"不用害怕。一个在莫斯科学习了三年的家伙，永远也不敢承认他搞过星相算命。"

她笑了，这笑声尽管持续了不到半秒钟，却宛若灵魂拯救的轻声承诺，回响在我耳边。当我就双鱼座、金牛座和白羊座写那些愚蠢的短文时，我想听到的就是这一笑声，我想象的报偿也就是这一笑声。可是在此之前，它从哪个方向都没有响起过，因为天使们在这个世界的各个地方，在所有的指挥部，都占据了决定性的地位，他们征服了左派和右派，阿拉伯人和犹太人，俄国的将军和俄国的持不同政见者。他们用他们冰冷的目光从四面八方看着我们，这一目光把我们诙谐地愚弄人的外衣剥掉，揭露出我们是一些可怜的骗子，为社会主义青年的刊物做事却既不相信青年也不相信社会主义；为主编大人占星算命，却既不在乎主编也不在乎星相学；故弄玄虚地摆弄着一些可笑的玩意儿，而与此同时，我们周围的所有人（左派和右派、阿拉伯人和犹太人、将军和持不同政见者）都在为人类的未来而战斗。我们感觉得到他们的目光落在我们身上的分量，它足以把我们变成随便用鞋跟踩死的虫子。

我控制住自己的不安。我试图为R设想出一个最合理的计划，以应付第二天警察的审问。谈话期间，她几次站起身去厕所。她每次回来都伴着抽水马桶声和恐慌不安的表情。这个勇敢的姑娘为她的恐惧感到羞愧。这个有品位的女人为她的内部器官在一个陌生男人眼前失控感到羞愧。

8

二十来个不同国籍的小伙子和年轻姑娘坐在他们的书桌前，漫不经心地看着米迦勒和加百列。她俩表情紧张地站在讲台前，身后坐着拉斐尔夫人。她们手里拿着好几张写满了自己的读书报告的纸，此外，她们还拿着一个用纸板做的、系着橡皮绳的奇怪物件。

“我们要和大家谈谈尤奈斯库的剧作《犀牛》，”米迦勒说完，把头低下来，在鼻子上扣上一个纸板做的管子，管子上粘着彩纸片，然后她把这个角形管用绕到脑后的橡皮绳系住。加百列也这么做了。然后，她们互相看了一眼，她们发出了短促且断续的尖叫。

教室里同学们看懂了，实际上很容易看懂，两个姑娘要说明的是：第一，犀牛在鼻子的地方长着一只角；第二，尤奈斯库的这部剧是个喜剧。她们想表述这两个想法，当然要通过词句，但主要还是通过她们自己身体的动作。

长长的角形管在她们面部顶端晃动着，全班学生都陷入到一种尴尬的同情之中，就好像有个残疾人在他们书桌上放上了他的一段截肢。

只有拉斐尔夫人为自己两个得意门生的发明而兴高采烈，她也以一种短促、断续的尖叫来回应她们。

两个姑娘满意地晃动着她们的长鼻子，米迦勒开始朗读她那部分报告内容。

学生中有一个叫萨拉的犹太姑娘。她几天前问两个美国姑娘能否看一眼她们的笔记（谁都知道，她们一句话不落地把拉斐尔夫人讲的东西记在笔记里），但是她俩回绝了："谁让你不听课去海滩玩了。"从那天起，萨拉就开始对她们怀恨在心，现在她很高兴看到两个人在教室前面出洋相。

米迦勒和加百列轮流读着她们对《犀牛》的分析，脸上长出的纸板做的长角就像是一篇空洞的经文。萨拉明白，如果不抓住这个天赐良机就太可惜了。正当米迦勒停顿下来，向加百列转过身去，示意现在该轮到她念的时候，萨拉从凳子上站起来，向她俩走去。加百列，本该接着说的，这时却用惊恐莫名的假鼻子的鼻孔对着萨拉，一副目瞪口呆的样子。萨拉走到两个女学生身边，绕到她们身后（就好像假鼻子沉得让她们抬不起头一样，两个美国女孩甚至无法转过身来看看身后发生了什么），运足了力气，照着米迦勒的屁股踢了一脚，然后又运足力气踢了一脚，这回踢的是加百列的屁股。然后，她面带镇静甚至是尊严，回到自己的座位。

此时此刻，教室里鸦雀无声。

然后，米迦勒的眼里流出了泪水，马上加百列的眼里也流泪了。

然后，教室里哄堂大笑。

然后，萨拉坐回到自己的座位上。

然后，感到出其不意且十分惊讶的拉斐尔夫人明白了，萨拉的加入是事先精心准备的这出女学生闹剧合作表演的一段，其目的只是在于阐明她们所分析的主题（艺术作品的解读不能仅限于传统的理论分析，还应该运用现代的手段，通过实践、动作、即兴表演来进行）。另外，因为她看不见自己的得意门生的眼泪（她们是面对着教室，背对着老师），她扬起头来，也发出一阵大笑。

听到身后她们敬爱的老师的笑声，米迦勒和加百列感觉到自己被背叛了。因此，泪水如注。这场侮辱让她们如此难过，以至于她们扭起身体，好似得了胃痉挛。

拉斐尔夫人以为她的两个爱徒的痉挛是一种舞蹈动作，于是她顾不得师尊，从座椅上跳起来。她笑得流泪，张开双臂，身体扭动起来，头部因而在脖颈上前后摆动，就像圣器保管人手中倒举着铃铛，只要一动就响起来一样。她走近两个痉挛般扭动的姑娘，拉住了米迦勒的手。这样她们三个就面对着教室，一起扭动，一起流着泪。拉斐尔夫人原地跳两步，抬起了一边的左腿，然后又抬起了另一边的右腿，两个流泪的姑娘开始怯生生地模仿起她来。泪水顺着她们纸做的假鼻子流淌下来，她们在原地扭动跳跃着。然后，女教师抓起加百列的手，她们三个现在在书桌前面形成了一个圆圈，三个人手拉着手，在原地和两边跳步，在教室的地板上转起圈来。她们向前方抬腿，一会儿是左腿，一会儿是右腿，而在加百列和米迦勒的脸上，原来的哭相不知不觉地变成了笑模样。

三个女人又跳又笑，纸鼻子来回摆动，教室里没人说话，大家在无言的惊恐中看着她们。可是，三个女人已经不再注意别人，她们全身心地集中到自己身上，集中到她们的快感上面。突然，拉斐尔夫人用力踩了一下地，她从地板上升起来几厘米，再跳下一步时，她就离开地面了。她随身带着她的两个女伴，又过了一会儿，她们三个都在地板上方转动了，她们旋转，缓缓上升。这时，她们的头发碰到了天花板，天花板慢慢为她们打开。有了这样一个出口，她们升得越来越高，纸鼻子已经看不见了，只有三双鞋刚跨过那巨大的出口，但是也终于看不见了。此时此刻，在教室里惊呆了的学生们耳里，传来了来自上方的笑声，那笑声渐渐远去，是三个大天使灿烂无比的笑。

9

在借来的公寓房中与 R 的约会，对我来说是决定性的。这时候，我彻底明白了，我已经成了一个不幸的使者，如果我不想让我爱的人代我受过的话，我就不能再生活在他们中间，惟一的出路就是离开我的国家。

但是，还有另外一个理由，让我提到与 R 的这最后一次见面。我一直深爱这个年轻女人，以最无邪、与性最无关涉的方式。仿佛她的身体一直完美地隐藏在她的绝顶聪明后面，也隐藏在她的谦虚待人和衣着得体后面。她没有给我留下任何空隙，让我得以一睹她裸露的胴体的光辉。突然，恐惧像一把屠刀一样剖开了她。我仿佛看到她的身体在我面前展开，就像肉铺里挂钩上吊着的一排小牝牛肉架一样。我们并排坐在借来的房子的沙发上，从洗手间传来蓄水池流水的嘘嘘声，我突然生出要和她做爱的疯狂欲望。更准确地说：要强奸她的疯狂欲望。想扑到她身上，一下子把她抱住，包括她所有站不住脚的令人兴奋的自相矛盾，包括她完美的服饰和肆虐的肠胃，包括她的理性和她的恐惧，包括她的骄傲和她的羞愧，把它们统统抱在一起。在我看来，她的这些矛盾里隐藏着她的本质，深埋着宝藏、金块和钻石。我想跳到她身上，把它挖出来。我想把她全部包容，包括她的排泄物和她那无以名状的灵魂。

但我看到一双恐慌的眼睛在盯着我（一张聪明的面孔上的恐慌的眼睛），她的眼睛越是恐慌，我要强奸她的欲望就越是强烈，也就越是荒谬、愚蠢、可耻、不可理喻、难以实现。

那天，当我从那个借来的公寓房走出，来到布拉格郊区这群宿舍楼间空寂的街道时（R 在公寓套房里多待了一会儿，她担心和我一起出来会被人看见），我长时间地不能思想其他的事情，只想着这一强烈的欲望，我刚才所感受到的要强奸我那可爱女友的欲望。这欲望停留在我身上，关在里面，就像关在一个口袋里的鸟儿一样，那鸟儿时不时就醒来，扑打起翅膀。

也可能强奸 R 的这一疯狂欲望，只是我在坠落过程中想抓住什么的绝望的努力。因为，自从他们把我赶出圆圈以后，我便不停地坠落，直到现在我还在坠落。当时，他们只不过推了我一把，让我坠落得更远、更深、更远离我的国家，坠落到回响着天使们可怕的笑声的荒芜的世界，那些天使用他们的喧嚣遮蔽了我所有的言说。

我知道，还有萨拉，那个犹太姑娘萨拉，我的姐妹萨拉，她就在这个世界的某个地方。可是，我到哪儿能找到她呢？

本章引文出自下列诸书：

安妮·勒克莱尔：《女人之言》，一九七六年。

保尔·艾吕雅：《和平的脸》，一九五一年。

欧仁·尤奈斯库：《犀牛》，一九五九年。

第四部

失落的信

1

我计算过，在这个世界上，每秒钟就有两三个新的虚构人物被命名。所以我总是犹豫着是否要加入施洗者约翰那难以胜数的追随者的行列。可是怎么办呢？我总要给我的人物一个名字吧？这一次，为了清楚地表明我的女主人公是我的，并且只属于我（她是我所有作品中最让我牵挂的女人），我要给她起一个任何女人都没有用过的名字：塔米娜。我想象她是一个美丽的高个子女人，三十三岁，来自布拉格。

我在想象中看到她正走在欧洲西部一座外省城市的街道上。是的，您注意到了：远处的布拉格我用它的名字来指称它，而我的故事所发生的城市，我让它没有名称。这违背了远虚近实的所有透视法，但您也只好这样接受下来。

塔米娜在一家夫妻开的小咖啡店做女招待。店里的生意是如此不景气，乃至丈夫一找到个工作就去上班了，塔米娜就得到了这空出来的位置。老板在新工作上所领取的可怜的工资和夫妻俩付给塔米娜的更为可怜的工资之间的差额，就是他们微不足道的收益。

塔米娜给客人（没有那么多客人，店里座位总有一半空着）端上咖啡和苹果烧酒后，就回到柜台后面。几乎总有某个客人坐在柜台前的高脚圆凳上，想和她聊天。每个人都很喜欢塔米娜。因为她知道倾听别人给她讲的事情。

但是，她真的在听吗？还是她只是在看，如此专注、如此安静地看？我不知道，这不重要。重要的是她从不打断人家。您知道两个人聊天一般是怎么回事。一个人说着，另一个人就打断他："对，我也是这样，我……"然后就开始谈自己，直到前一个人轮到自己终于能插上话："对，我也是这样，我……"

"对，我也是这样，我……"这句话看上去像是表示赞同的一种回应，是把别人的思考继续下去的一种方式，其实，这不过是一个圈套：实际上，它是一种以暴制暴式的反抗，是给我们自己的耳朵解除奴役并强行占据他人耳朵的一种努力。因为人在其同类中所度过的一生，只是占据他人耳朵的一场战斗。塔米娜之所以得人心的所有秘诀，就在于她不想谈她自己。她没有抵抗就接受占据自己耳朵的人，她从来不说："对，我也是这样，我……"

2

皮皮比塔米娜小十岁。她天天和塔米娜谈她自己，差不多有一年了。不久以前（实际上一切都是那个时候开始的），她对塔米娜说她打算夏天放假的时候和丈夫一起去布拉格。

这时候，塔米娜觉得自己从几年的睡梦中醒来。皮皮又说了一会儿，塔米娜（一反常态地）打断了她的话：

“皮皮，如果你们去布拉格，是否能去我父亲那里帮我带回一点儿东西？不怎么重。只是一个小包，很容易放进你们的行李箱里。”

“为你，做什么都行！”皮皮热情地说。

“我会感激你一辈子，”塔米娜说。

“包在我身上了，”皮皮说。两个女人又谈了一下布拉格，塔米娜两颊绯红。

“我要写本书，”之后皮皮说。

塔米娜心中惦记着她留在波希米亚的小包，她明白应该和皮皮处好关系。于是，她马上把自己的耳朵凑过去：“一本书？写什么的？”

皮皮的女儿是个一岁的孩子，此时正在妈妈坐的高脚圆凳下面爬着，动静很大。

“安静点！”皮皮冲着地面的方砖喝道。然后，她若有所思地吹起她的香烟所冒的烟雾。“写我所看到的世界。”

孩子发出越来越刺耳的尖叫，塔米娜问她：“你会写书？”

“为什么不呢？”皮皮说道，神情又若有所思起来，“我当然要打听打听，好知道怎样才能写出本书来。你是否碰巧认识巴纳卡？”

“谁？”塔米娜问。

“一个作家，”皮皮说，“他住在这一带。我应该和他认识。”

“他写过什么？”

“我不知道，”皮皮说。然后，她若有所思地补充道：“也许我应该读点儿他的东西。”

3

话筒里没有惊喜的欢呼，只有冷漠的声调：“太阳从西边出来了！你终于想起我来了？”

“你知道我挣钱不多。电话太贵。”塔米娜抱歉地说。

“你可以写信。据我所知，邮票可没那么贵。我都记不得什么时候收到的你最后一封信了。”

看到与婆婆的谈话一开始就碰了一鼻子灰，塔米娜便开始问她身体怎么样，在做些什么，绕了半天才决定言归正传：“我请你帮个忙。我们走之前，把一包东西放在你家了。”

“一包东西？”

“是的。帕维尔和你把它收拾到他爸爸的一个旧书桌里了，他还给上锁了。你还记得吧，这张书桌里一直有他一个抽屉。他把钥匙给你了。”

“我没有你们的钥匙。”

“可是，婆婆，你应该有的。帕维尔给你了，我肯定。我在旁边，当时。”

“你们什么也没给我。”

“已经过去很多年了，你可能忘记了。我只求你一件事，就是找到那把钥匙，你肯定会找到的。”

“你让我用钥匙干什么？”

“就看看那包东西是否在那儿。”

“为什么会不在那儿？你们放里面的？”

“是的。”

“可我为什么要打开抽屉？你们以为我会把你们的记事本怎么样？”

塔米娜大吃一惊：她的婆婆怎么会知道抽屉里有记事本？它们是包好了的，那包东西是用了几卷胶带仔细地、紧紧地包起来的。不过，她一点儿也没有流露出自己的惊讶。

“可是，我没有这么说啊。我只是想让你看看是否一切都完好无损。下次我再跟你说。”

“你不能跟我说明一下里面有什么吗？”

“婆婆，我不能说得更多了，电话费很贵！”

婆婆开始哭了起来：“要是贵，就别给我打电话。”

“你别哭，婆婆，”塔米娜说。她对她的哭泣记忆犹新。婆婆要是想让他们做什么事情的话，总是要哭上一场。她用眼泪来指责他们，没有什么比她的眼泪更具进攻性的。

话筒被哭声振动，塔米娜说：“再见，婆婆，我再打电话。”

婆婆还是哭着，塔米娜在她没说再见之前不敢挂上电话。可是，婆婆哭声不止，而每一滴泪都要花很多钱。

塔米娜挂上了电话。

“塔米娜太太，”老板娘带着痛心的声音指着计时器说，“你说话时间太长了。”然后，她计算了一下和波希米亚通话的费用，塔米娜被这一巨大数目吓坏了。从现在开始到下次领工资，她要精打细算地过日子了。但是，她眼睛都没眨就结了账。

4

塔米娜和丈夫是非法离开波希米亚的。他们在捷克斯洛伐克官方旅行社组织的南斯拉夫海滨游旅行团登了记。到那里以后，他们脱离了旅行团，穿过奥地利边境后，往西而去。

为了在团体旅行中不引人注意，他们每个人只带了一件大行李。在最后时刻，他们没敢随身带上装着他们互相的通信和塔米娜的记事本的那个鼓鼓囊囊的包裹。海关检查的时候，如果被占领的捷克斯洛伐克的哪个警察让他们打开行李的话，针对他们出外十五天去海滨度假却带上了他们私生活的所有档案这种情况，会马上产生怀疑。可是，鉴于他们不愿把包裹留在自己的家里，因为他们一走国家就会把他们的套房没收，他们就把它放到了塔米娜的婆婆家，放到了去世的公公留下的、再也没有什么用途的一个书桌的抽屉里。

在国外，塔米娜的丈夫病倒了，塔米娜只好眼睁睁地看着死神把他带走。他死的时候，人家问她是土葬还是火葬。她说火葬。然后人家问她是把骨灰放在一个骨灰盒里还是更愿意撒掉。在这个世界上她无处为家，她怕一辈子像拿个手提包那样一直带着丈夫。她让人撒掉了他的骨灰。

在我的想象中，世界在塔米娜周围升起，越升越高，就像一堵围墙，她只是下面的一片小草地。在这片草地上只开着一朵玫瑰，那就是对她丈夫的思念。

或者我想象现在的塔米娜（端上咖啡并奉献耳朵）是水中漂浮的一排木筏，她在木筏上，她向后看，只向后看。

最近一段时间，她绝望了，因为过去越来越苍白。她身边只有丈夫护照上的照片，所有其他的照片都留在布拉格被没收的套房里。她看着这张盖着章、折了角的可怜的照片，这是丈夫正面拍的（就像司法身份部门拍摄的罪犯一样），一点儿也不像他。每天，她都在这一照片面前进行一种精神操练：她努力去想象她丈夫的轮廓，然后是一半的轮廓，然后是四分之三的轮廓。她让他的鼻子和下颌的线条重生，但是她每次都惊恐地发现，那想象的速写总会出现一些疑点，勾勒着它们的记忆在这里驻足不前。

在这样的操练中，她努力去回想他的皮肤和肤色，表皮的所有细微异变，那些小疙瘩，那些赘疣，那些雀斑，那些细小的血管。很难，几乎没有可能。她的记忆所使用的颜色是不真实的，用这些颜色无法描摹人类的肌肤。于是她发明出一种特殊的纪念手段。当她坐在一个男人面前时，她把那男人的头部当成一种雕塑材料：她目不转睛地看着这一头部，在脑海中把它当成脸部的模型，给它加上更深的肤色，填上雀斑和赘疣，把耳朵缩小，给眼睛涂上蓝色。

但是，所有这些努力到头来只是表明，她丈夫的形象已经无可挽回地离她而去。在他们刚刚相恋的时候，他让她写日记（他比她大十岁，对人的记忆之可悲已经有所了解），为他俩记下他们生活的进程。她拒绝这样做，声称这样做是嘲笑他们的爱情。她是那么爱他，怎么可以接受她视为永世不忘的东西会被忘却。当然，最后她还是服从了，但是没有热情。她的记事本也受到了影响：有很多页是空白的，记录的内容也是断断续续的。

5

她和她丈夫一起在波希米亚生活了十一年，她留在婆婆家的记事本也是十一本。在她丈夫死后不久，她买了个大笔记本，把它分成十一部分。她肯定自己能够回忆起遗忘大半的许多事件和情景，但是她不知道把它们放到笔记本的哪一部分记录下来。时间顺序无可挽回地忘却了。

她首先试图追寻的往事回忆是那些可以作为时间参照的事件，以此为基础，她可以为自己重建过去的工程搭建出基本架构。比如，他们的假期。应该有十一个假期，可她只能想起九个来。剩下的两个永远忘却了。

然后，她尽力去把这重新发现的九个假期安排到笔记本的十一个章节中。可她能确定的只是因为发生了不同寻常的事情而与往年不同的那几年。一九六四年，塔米娜的母亲去世了，一个月以后他们去塔特拉山[①]度过了一个凄凉的假期。她还知道，随后的一年他们去了保加利亚的海边。她还能想起一九六八年和第

① Tatras，欧洲中部喀尔巴阡山山脉的最高山岭，在波兰和斯洛伐克边界一带。

二年的假期来，因为那是他们在波希米亚度过的最后几个假期。

虽说她好歹能回想起大部分假期（却不能给出确定的日期），但在试图回忆他们的圣诞节和新年时，她是完全失败了。十一个圣诞节中，她只在记忆的角落里找出两个，十一个新年她只能想起五个。

她也想回忆出他给她起的所有名字。他只在最初相识的那两个星期叫过她真正的名字。他的柔情就是一台不断生产昵称的机器。她有很多名字，由于每个名字都不太耐用，他又不停地给她起新名字。在他们相处的十二年中，她有过二十来个、三十来个名字，每个名字都属于他们生活的一个具体阶段。

但是，如何能找到一个昵称和时间节奏之间已经失去的联系呢？塔米娜只在不多的情况下找到过。比如她想起了母亲去世后的那些日子。她丈夫不停地在她耳边念叨着她的名字（那个时间、那一时刻的名字），好像要把她从一场噩梦中唤醒一样。这个昵称她是想起来了，她把它确定无疑地记在了一九六四年那一章。但是，所有其他的名字都飞到了时间之外，就像逃离了鸟笼的鸟儿一样，自由而疯狂。

正是为此，她才如此绝望地想要把那一包记事本和信件弄到自己手里。

当然，她知道记事本里也有不少令人不愉快的东西，记录了一些不满足、争吵甚至厌烦的日子，可是问题不在这儿。她不想把过去变成诗。她只想还给它失去了的肉身。促使她这样做的，不是美的欲望，而是生的欲望。

因为塔米娜在一个木筏上漂浮着，她向后看，只向后看。她存在的大小就是她在那边、身后的远处所看到的大小。正如她的过去在收缩、变形、消散一样，塔米娜也在缩小，轮廓渐失。

她之所以要她的记事本，是因为她在笔记本中已经构建了一个由主要事件所组成的脆弱架构，她想为这一架构砌上边墙，让它成为她可以住进去的房子。倘若摇摇晃晃的回忆的建筑像搭建不稳的帐篷一样倒塌，塔米娜就只剩下了现在，这个无形的点，这一缓慢地向死亡进发的虚无。

6

那么，为什么不早些跟婆婆说把记事本寄过来呢？

在她的国家，与国外的通信都要经秘密警察过目，想着警察局的官员要来插手她的私人生活，她无法接受。再说，她丈夫的姓名（她一直冠着夫姓）肯定还在黑名单上，警察对有关他们的对手包括死去的对手的所有材料都始终如一地有兴趣。（这一点，塔米娜是绝对不会弄错的。我们惟一不朽的所在就是警察局的档案材料。）

因此，皮皮就成了她惟一的希望，她要不遗余力地与她处好关系。皮皮想要结识巴纳卡，塔米娜就想：她的女友应该至少了解他一本书的情节。谈话的时候，她绝对有必要插上这么一句："是的，正如您在书中所说。"或者是："巴纳卡先生，您太像您书中的人物了！"塔米娜知道，皮皮家中一本书也没有，她讨厌读书。因此，她想了解一下巴纳卡书中都写了些什么，好帮助她女友准备这场与作家的见面。

雨果在店里，塔米娜刚在他面前放上一杯咖啡："雨果，您知道巴纳卡吗？"

雨果有口臭，除此之外塔米娜觉得他这个人非常和善：这是一个安静、胆怯的小伙子，差不多比她小五岁。他一星期来一次咖啡店，一会儿看堆在他面前的那些书，一会儿看站在柜台后面的塔米娜。

"知道，"他说。

"我想找本他的书，看看里面讲的是什么。"

"听我说，塔米娜，"雨果回答，"还从来没有什么人读过巴纳卡。要是读过巴纳卡的哪本书而不被当成傻瓜，那是不可能的。没有人不认为，巴纳卡是一个二流、三流甚至不入流的作家。我向您担保，巴纳卡是那样被他的名声连累，他自己都瞧不起读过他的书的人。"

这样一来，她就不再费心去找巴纳卡的书了，但她还是决定自己出面安排一次和作家的见面。由于她白天不在家，她时不时就把房间借给一个绰号叫朱朱的已婚的小个子日本女人，以备她和一个也是已婚的哲学教授幽会之用。教授认识巴纳卡，塔米娜让这对情人保证哪一天皮皮来做客时，把作家带过来。

皮皮知道了这一消息后，对她说："也许巴纳卡长得很帅，你的性生活就可以改变了。"

7

确实，自丈夫死后，塔米娜还没有做过爱。这不是个原则问题。这种超越死亡的忠诚，在她看来反倒是可笑的，她也没有向任何人炫耀过什么。但是，每次她想象（并且她经常想象）自己在一个男人面前脱衣服的时候，出现在眼前的就是丈夫的形象。她清楚到时候她会看见他。她清楚到时候她会看见他的脸和在看着她的眼睛。

这显然失当，甚至荒唐，她意识到了。她不相信丈夫死后灵魂还在，她也不认为找一个情人就冒犯了对丈夫的念记。但她没有办法。

她甚至有过这样一个独特的想法：要是在丈夫在世的时候背着他偷情比现在容易得多。她丈夫是一个快乐的、出色的、强壮的男人，她感觉自己比他弱多了，并且她觉得自己即便是不遗余力，也不能伤害到他。

但是，今天，一切都不一样了。今天，她要是这样做，就会伤害一个不能保护自己的人，一个像孩子一样任她摆布的人。因为她丈夫现在已经死了，在这个世界上所拥有的，只有她了。

正是因为这样，每当她想到和另一个男人有肉体之爱的可能时，她丈夫的形象就出现在眼前，随着这一形象出现的，是揪心的思念，而伴着这一思念的，是痛哭一场的强烈欲望。

8

巴纳卡长得丑，很难唤醒一个女人沉睡的性欲。塔米娜在他杯子里倒上茶，他毕恭毕敬地道谢。每个人在塔米娜家都感觉自在，巴纳卡这时微笑着转向皮皮，很快打断了东拉西扯的寒暄：

“听说您要写一本书？写什么？”

“很简单，”皮皮说，“一部小说，写我所看到的世界。”

“一部小说？”巴纳卡问道，声音中透露着不甚赞同。

皮皮支支吾吾纠正说：“也不一定是部小说。”

“您只要想一想什么是小说，”巴纳卡说道，“想一想那么多不同的人物。您想让我们相信您了解他们每一个人吗？他们长得什么样，想着什么事，怎么样穿衣，来自什么样的家庭，您清楚吗？坦白告诉我们，您对这些一点儿也不感兴趣！”

“没错，”皮皮承认，“我不感兴趣。”

“您知道，”巴纳卡说，“小说是人类的一种幻想的产物。幻想着能理解他人。可是，我们彼此又互相了解什么呢？”

“什么都不了解，”皮皮说。

“确实，”朱朱说。

哲学教授点着头，表示同意。

“我们所能做的，”巴纳卡说，“就是做一份关于自己的报告。每个人关于自己的报告。其余的全是权力的滥用。其余都是谎言。”

皮皮兴高采烈地赞同：“是这样！完全是这样！我也不想写一部小说！我没有表达好。我想写的正是您所说的，写我自己。写一份关于我的生活的报告。同时，我也不想隐瞒，我的生活极其一般、平常，我没有任何不寻常的经历。”

巴纳卡笑了：“这一点儿也不重要！我也是一样，从外面看来，我没有任何不寻常的经历。”

“对，”皮皮叫起来，“说得好！从外面看来，我什么都没有经历。从外面看来！但是，我觉得我的内在经验值得写出来，大家都会感兴趣。”

塔米娜给杯子续上茶，她很高兴从精神的奥林匹斯山上降临到她的套房的这两个男人，能对她的女友表示理解。

哲学教授吸着烟斗，仿佛害羞似的躲在他的烟雾后面：

“自詹姆斯·乔伊斯以来，”他说，“我们知道，我们生活中最大的历险就是历险的不存在。尤利西斯，在特洛伊战斗回来，弄潮于大海之上，亲自驾驶战船，在每个岛上都有一个情妇。不，这不是我们的生活。荷马的奥德赛转移到内心，它内在化了。岛屿、海洋还有迷惑我们的鱼妖，召唤我们归乡的伊塔卡岛，这在今天都成了我们内心存在的声音。”

“对！这和我感受到的一模一样！”皮皮感叹不已，然后又重新对巴纳卡说，“正因为这样，我才想向您请教，请教怎么动手写。我经常觉得我整个身体都充满了表达的欲望。想说。想让人听。有时候，我会想自己是不是疯了，因为我觉得自己要爆炸，想大喊大叫，您肯定了解这些，巴纳卡先生。我要表达我的生活，我的感情，我知道我的情感是绝对不寻常的，可是当我坐在白纸面前时，突然就不知道写什么了。于是我就想这肯定是个技巧问题。我肯定缺乏您所拥有的某些知识。您写了那么美的书……”

9

我还是别让您继续听这两个苏格拉底给年轻女子所上的写作课了吧。我给您讲其他事情。不久前，我在巴黎乘出租车，司机很爱聊。他夜里睡不着觉。他患有慢性失眠症。源自战争。他是水手。他的舰沉没了。他游了三天三夜。后来，人们把他从水中救出。有几个月的时间，他在生死线上挣扎。他活过来，但得了失眠症。

“我比您多活了三分之一，”他微笑着说。

“那您在这多活的三分之一时间里做什么？”我问。

他回答说：“我写作。”

我想知道他写什么。

他写他的生平。写一个人的故事，写他在海里游了三天三夜，写他与死亡搏斗，写他失去了睡眠但仍然保持着生命力。

“您为您的孩子写吗？就像一部家庭编年史？”

他苦涩地笑了笑：“为我的孩子？他们不感兴趣。这是我写的一本书。我想它会对很多人有帮助。”

与出租车司机的这场谈话忽然之间给我揭示出写作活动的本

质。我们写书，是因为我们的孩子对我们不感兴趣。我们和不知名的世人交流，是因为我们在和自己的太太说话时，她堵上了自己的耳朵。

就出租车司机这一情况，您会反驳我说，他是一个写作癖，而不是作家。那就应该先弄清概念了。一个每天给自己的情人写四封信的女人不是个写作癖，而是个热恋中的女人。但是，我有一个朋友他把自己的情书都复印备份以便有朝一日发表出来，他就是一个写作癖。有写作癖不是有写信、写日记、写家族编年史的欲望（也就是说为自己或为自己的亲友而写），而是有写书的欲望（也就是说拥有不知名的读者大众）。在这个意义上讲，出租车司机的激情和歌德的激情没什么两样。使歌德和那个出租车司机有区别的，不是激情不一样，而是激情的结果不一样。

当社会的发展实现了下面三个基本条件后，写作癖（爱写书的癖好）将不可避免地发展成流行病的规模：

一、福利水平的普遍提高，使人们有闲暇从事无用的活动；

二、社会生活高度原子化以及随之而来的个人与个人之间的普遍疏离；

三、民族的内部生活中大的社会变化的极端匮乏（从这个角度看，我觉得法国的情况很说明问题：在这个什么也不发生的国家，作家的比例是以色列的二十一倍。此外，当皮皮说，从外面看来，她什么也没经历的时候，她恰好表达了这一点。促使她写作的动机，是生命内容的缺失，是虚无）。

但是，通过反作用力的冲击，结果又对原因产生了影响。普遍疏离生成了写作癖，而普遍化的写作癖又反过来强化并加重了疏离。印刷机的发明从前曾使人们更好地互相理解，而在写作癖泛滥的时代，写书有了相反的意义：每个人都被自己的词语所包围，就像置身于重重的镜墙之中，任何外部声音都无法穿透进来。

10

“塔米娜,”有一天咖啡店里没有别人，雨果在与她聊天的时候说，“我知道，我没有任何希望能让您看上我。我就不再想入非非了。可是，我还是可以请您星期天吃顿午饭吧?”

那包东西放在住在外省一个城市里的塔米娜婆婆那里，塔米娜想让人把它送到布拉格她爸爸家里，这样皮皮就可以过去拿走。表面看来，是再简单不过的事情，但是要说服性情古怪的老人，她需要花费很多时间和金钱。电话费很贵，而塔米娜的工资几乎只够付房租和吃饭用。

“可以,”塔米娜说，心想雨果家里肯定有电话。

他开车来接她，他们去了饭店，在乡下。

塔米娜不稳定的处境本应该便于雨果以高高在上的征服者姿态有所作为，但是，在收入微薄的女招待这个人物身后，他看到的是异国女子和寡妇的神秘经历。他感到诚惶诚恐。塔米娜的和蔼可亲也像是一个连子弹也无法穿透的盔甲。他想吸引她的注意力，征服她，进入她的精神世界!

途中他试图营造点儿情趣出来。到达目的地之前，他停下车，让她参观一个动物园，这个动物园设在一个漂亮的外省城堡的大公园里。他们漫步在猴子和鹦鹉之间，背景是哥特式城楼。园子里没有其他人，一个乡下人模样的园丁在打扫着落满树叶的路径。他们一路看到了一匹狼、一只海狸、一只猴子和一头老虎，然后来到一片围着铁丝护网的大草地，铁丝护网后面有一些鸵鸟。

有六只鸵鸟。看见塔米娜和雨果，它们跑过来。现在它们凑到了一起，贴着铁丝护网，伸着长脖子，盯着他们看，张着它们的大扁嘴。它们用一种惊人的速度，狂热地把嘴巴张开又闭上，闭上又张开，就好像谁都想比别人说话声更大一点似的。无奈，这些嘴巴说不出一句话，发不出一点儿声音。

鸵鸟们就像把一个重要口信记在心里的信使，但是途中被敌人切断了声带，等它们到达目的地后，却只能努动它们那失音的嘴巴了。

塔米娜迷惑地看着它们，鸵鸟们总在说，越来越坚决。后来，她和雨果离开了，它们就顺着护网开始追他们，继续把嘴巴弄得喀嗒作响，警告他们什么东西，警告什么，塔米娜不知道。

11

“就像恐怖故事里的一幕一样，”塔米娜一边切着馅饼一边说，“就好像它们要告诉我什么重要的事情。什么事情呢？它们要和我说什么呢？”

雨果解释说，这是些年幼的鸵鸟，它们总是这么个举动。上次他来动物园闲逛时，它们六个也是一直跑到护网那儿，跟今天一样，张着发不出声的嘴巴。

塔米娜还是困惑：“您知道，我在波希米亚留下点儿东西。一包材料。要是给我邮寄的话，警察会把它没收。皮皮这个夏天要去布拉格。她答应给我带回来。但现在，我害怕了。我在想鸵鸟们是不是来警告我那包东西出了什么事。”

雨果知道塔米娜是寡妇，她丈夫可能是因为政治原因移居国外的。

“政治文件吗？”他问。

塔米娜很久以前就确信，如果想让这里的人理解她的生活，她应该闲话少叙。要解释清楚为什么这些私人信件和日记会被警察扣留，她又为什么如此看重这些东西，那是极其困难的。她干脆说："是的，政治文件。"

然后，她担心雨果会问到这些文件的细节，可是她的担心是多余的。有人问过她什么问题吗？人们有时给她解释一些他们对她的国家的看法，但是对她的经历不感兴趣。

雨果问："皮皮知道是政治文件吗？"

"不知道，"塔米娜说。

"那就好，"雨果说，"不要告诉她跟政治有关。那样一来，到最后关头，她会害怕起来，就不会去拿您的包了。您想象不出人们担惊受怕是什么样，塔米娜。皮皮应该确信只是一种微不足道、平平常常的东西。比如，是您的情书什么的。对，告诉她包里装的是情书。"

雨果为自己的这个想法笑起来："情书！对！这是她的眼界能看到的！对，这是皮皮能明白的！"

塔米娜想，对雨果来说，情书是微不足道、平平常常的东西。没有人会想到她也爱过一个人，并且这爱对她很重要。

雨果补充说："一旦她放弃了这次旅行，您可以信任我。我去那边把包给您带回来。"

"谢谢您，"塔米娜热切地说。

"我去给带回来，"雨果又说一遍，"即便是被捕也不怕。"

塔米娜反驳说："不会的，您不会有什么事的。"她试图对他解释说，外国旅游者在她的国家一点儿危险都没有。那边，只有捷克人的生活才充满危险，而他们都习以为常。忽然，她长时间地激动地说了起来，她对这个国家了如指掌，我可以证明她说的完全正确。

一个小时后，她把雨果的电话听筒贴近了耳朵。与婆婆的通话并不比上次结束得更好："你们从来没有把钥匙给过我！你们一直什么都瞒着我！为什么非要我想起来你们一直是怎么待我的！"

12

要是塔米娜那么在意她的回忆，为什么她不回波希米亚呢？一九六八年以后非法离开国家的移民后来得到特赦并且被邀请回国。塔米娜怕什么呢？她因为分量太轻而在她的国家不会有危险！

是的，她可以无畏地回去。可是，她不能。

国内，他们都背叛了她的丈夫。她想，自己要是回到这些人当中，也会背叛他的。

当他的工作被调换得越来越低级并最终被剥夺时，没有人出面为他辩护。他的朋友们也没有。当然，塔米娜清楚，内心里人们还是和她丈夫站在一起的。他们之所以沉默不语，是因为害怕。但是，正因为他们和他站在一起，他们对自己的恐惧才更感到羞愧。当他们在街上碰见他时，就假装没有看见。出于谨慎，夫妻二人也开始回避这些人，以免唤醒他们的羞耻感。他们很快就好像变成了麻风病人。当他们离开波希米亚时，她丈夫从前的同事签署了一份公开声明，对他进行诬蔑和谴责。他们这样做，肯定是因为不想像她丈夫不久以前那样失掉自己的工作。但他们这么做了。他们就这样在他们自己和两个流亡者之间挖掘了一道深堑，塔米娜永远也不会同意为了回到那边而跨越这一堑沟。

他们逃跑后的第一夜，当他们在阿尔卑斯山的一个村庄的小客栈醒来的时候，他们明白自己是孤单的，与从前生活过的那个世界隔绝了。这时候，塔米娜感到一种解放和解脱。他们在山里，完全与世隔绝。周围寂静无边。塔米娜把这一寂静当作意想不到的恩赐来接受，她想到丈夫是为了逃避迫害而离开祖国的，而她则是为了寻找寂静，为她丈夫和她自己而备的寂静，为爱而设的寂静。

丈夫死的时候，她产生了对故国的突然怀恋，他们在那里一起度过的十一年处处留下了痕迹。一阵感情冲动之下，她向十来个朋友发了讣告。她一封回信也没收到。

一个月以后，拿着攒下的余钱，她来到海边。她穿上游泳衣，吞下一瓶安定药。然后，就向海水深处游去。她想药片会引起极度疲劳，她会淹死的。但是冷水和女运动员的动作（她一直是游泳健将）让她无法睡去，药片的作用比她想象的要弱。

她回到了岸上，回到房间，睡了二十个小时。醒来的时候，她感到安静与平和。她决心在寂静中活下去，为了寂静活下去。

13

皮皮家电视机的银蓝色光芒映照着坐在那里的几个人：塔米娜，朱朱，皮皮，还有皮皮的丈夫德德。德德是个旅行推销员，出门四天，前一天才回来。屋里飘荡着一股轻微的尿味，电视里有一个大大的圆脑袋，年老，秃顶。一个看不见面孔的记者刚向他问了一个挑衅性问题：

“我们在您的《回忆录》里读到了一些令人瞠目的色情告白。”

这是一个每周一次的电视节目，节目中一个炙手可热的记者采访在上个星期出书的一些作者。

大秃头得意地笑了：“噢，不！没什么令人瞠目的！只是一种非常精确的计算。您和我一起算一下。我的性生活从十五岁开始。”大秃头不无自豪地环顾了一下周围：“是的，十五岁。现在我六十五岁。我有着五十年性生活经验。我可以假定——并且这是个很谦虚的估算——我每星期做爱两次。一年就是一百次，一生就是五千次。让我们继续计算下去。如果一次性高潮持续五秒钟的话，我所有过的性高潮加到一起就是两万五千秒。算起来，就是总共六小时五十六分钟的性高潮。还不错吧，嗯?”

房间里，所有人都神情庄重地点着头。塔米娜想象着这个秃顶老头为持续不断的性高潮所折磨：他扭动起身体，手放在心脏上，十五分钟以后他的假牙从嘴里掉下来，又过五分钟他摔倒在地，死了。她大笑起来。

皮皮让她注意规矩："有什么好笑的？这成绩很不错！六小时五十六分钟的性高潮。"

朱朱说："好多年我都不知道什么是性高潮。现在，几年以来，我经常有高潮。"

大家就开始谈起朱朱的高潮来，而此时电视上另一张脸表示了愤慨。

"他为什么要这样生气呢？"德德问。

电视上，作家在说：

"这非常重要。非常重要。我在书里解释了。"

"什么东西非常重要？"皮皮问。

"他在胡胡村度过了童年，"塔米娜解释道。

在胡胡村度过童年的那个家伙有个大鼻子，像个秤砣一样挂在脸上，让他的脑袋不断下坠，给人感觉它要从电视里掉出来，落到居室的地上。被大鼻子重压着的脸说起话来非常激动：

"我在书里解释了。我的所有作品都与胡胡这个小村庄有关，不明白这一点就不能理解我的作品。毕竟我是在那里写的第一首诗。是的，在我看来，这非常重要。"

“和有些男人在一起，”朱朱说，“我没有高潮。”

“不要忘记，”作家接着说，脸上越来越激动，“我第一次骑自行车是在胡胡村。是的，我在书中详细地讲了这个。大家都知道自行车在我的作品里意味着什么。它是个象征。对我来说，自行车是人类从家长制世界走向文明世界的第一步。是与文明的第一次调情。是处女在初吻前的第一次调情。仍旧是处女之身，已然是春心思动了。”

“确实，”朱朱说，“我的同事田中就是在骑自行车的时候有的第一次性高潮，那时候她还是处女呢。”

大家开始议论起田中的性高潮，塔米娜对皮皮说：“我能打个电话吗？”

14

隔壁房间里的尿味更重。皮皮的女儿在那儿睡着。

“我知道你们互相不说话，”塔米娜小声说，“可是，不这么办，我没法儿让她把包还给我。惟一的办法，就是你去她那儿，从她那儿拿回来。要是她找不到钥匙，就让她撬开抽屉。那是我的东西。信以及诸如此类的东西。我有权利。”

“塔米娜，别强迫我和她说话。”

“爸爸，你就担当下来吧，是为我这么做的。她怕你，她不敢拒绝你。”

“听着，如果你的朋友到布拉格来，我让他们带一件皮大衣给你。这比一些旧信更重要。”

“可是我不要皮大衣，我要我的包。”

“大点儿声！我听不见！”父亲说。可是，他女儿是故意小声说话的，因为她怕皮皮听到她在说捷克话，那就说明她在打国际长途，而每秒钟长途话费都很贵。

“我说我要我的包，不要皮大衣！”塔米娜又说一遍。

“你总是对你那些蠢玩意儿感兴趣！”

“爸爸，电话费贵得吓人。求你了，真的不能去见她吗？”

谈话很吃力。每一次对话，父亲都让她再说一遍，而他固执地拒绝去找她的婆婆。最后他说：

“给你弟弟打电话！让他去好了，他去！他可以把你的包带到我这儿来！”

“可是他不认识她！”

“那就再好不过了，”父亲笑着说，“否则，他永远也不会去见她。”

塔米娜很快地思考了一番。让又结实又粗暴的弟弟去她婆婆家，这是个不错的主意。但是，塔米娜不想给他打电话。她到了国外后，他们之间没有通过一次信。他弟弟有一份收入很高的工作，他惟有和移居国外的姐姐断绝一切关系，才保住了自己的工作。

“爸爸，我不能给他打电话。你也许可以自己给他解释一下。求你了，爸爸！”

15

爸爸又瘦又小，从前，当他拉着塔米娜走在街上的时候，他昂首挺胸，就好像他在向全世界炫耀着他在英雄之夜所创造的纪念碑。他从来没喜欢过他的女婿，向他发动了永无休止的战争。当他向塔米娜建议送给她皮大衣（肯定是得自哪位过世的亲眷），他根本不是在想着塔米娜的健康，而是在想着和女婿的这场持久争斗。他愿意女儿偏重父亲（皮大衣）而不是偏重丈夫（一包信）。

一想到她那包信的命运要掌握在父亲和婆婆那充满敌意的手中，塔米娜就感到害怕。一段时间以来，她越来越经常地想象到她的记事本会被陌生的眼睛阅读，她认为别人的目光就如同把墙上的铭文冲洗干净的雨水一样。或者就如同过早地泄落到显影池的相纸上的光线，会把影像损坏。

她明白，使她那书写的回忆具有意义和价值的，是它们*只是准备给她一个人看的*。如果它们失去了这一品质，将她和它们联到一起的亲密联系就断绝了，她就不再能用自己的眼睛去读它们，而是用公众的眼睛，掌握了别人的一份材料的公众的眼睛。因而，即使是写了这些东西的那个人对她也成了一个他人，一个陌生人。在她和记事本的作者之间所存在的惊人相似，对她来说，就仿佛是滑稽和可笑的模仿。不，如果记事本被陌生人的眼睛读过，她不会再去读它们。

因此，她急不可耐地想尽快得到这些记事本和这些信，趁着里面所固定的过去的影像还没有被损坏的时候。

16

皮皮出现在咖啡店，坐到柜台前："喂，塔米娜！给我来杯威士忌！"

皮皮一般是喝咖啡的，只有在很例外的情况下，才喝波尔图甜葡萄酒。要威士忌喝，表明她处在一种非同寻常的情绪状态下。

"你的书有进展吗？"塔米娜边给她倒酒边问。

"我得情绪更好才行，"皮皮说罢，一杯威士忌一饮而尽，又要了第二杯。

其他顾客刚刚进店。塔米娜挨个问了他们要什么，回到柜台后，为她的女友倒上第二杯，然后去为客人送饮品了。她回来的时候，皮皮说：

"我再也受不了德德了。他从外面做生意回来，就整整两天待在床上。整整两天，都没离开过睡衣！你能忍受这个吗？更糟的是他想做爱的时候，他不能理解我对做爱不感兴趣，一点儿也不感兴趣。我要和他分手。他有事儿没事儿都在准备他的愚蠢假期。他穿着睡衣在床上，手里拿着地图册。开始，他想去布拉格。现在，他又一点儿也不想去那儿了。他发现了关于爱尔兰的一本书，又要不顾一切地去爱尔兰。”

“这么说，你们假期要去爱尔兰了？”塔米娜喉咙哽噎着问。

“我们？我们哪儿也不去。我，我要待在这儿，我要写作。他让我去哪儿我都不去。我不需要德德。他对我一点儿也不感兴趣。我写作，你想想，他还没有问过我写什么。我明白我们之间没什么可说的了。”

塔米娜想问：“那么，你们不去布拉格了？”但是，由于她喉咙哽噎着，她说不出来话。

这时候，那小个子日本女人来到店里，跳到皮皮身边的高脚圆凳上。她说：“你们能当众做爱吗？”

“你什么意思？”皮皮问。

“比如在这儿，咖啡店的地上，当着所有人的面。或者在电影院，放两场电影中间。”

“安静！”皮皮冲着地面方砖的方向喊了一句，她的女儿在她的凳脚下发出很大的动静。然后，她说：“为什么不呢？这是很自然的事情。为什么我要为一件很自然的事情感到害羞呢？”

塔米娜再一次想问皮皮她是否还去布拉格。但她明白，她的问题是多余的。再明显不过了。皮皮不去布拉格了。

老板娘从厨房出来，对皮皮笑着：“你好吗？”

皮皮说：“应该有一场革命，应该发生什么事情！应该发生什么事情，一定要这样！”

这一夜，塔米娜梦见了鸵鸟。它们站立在护网前，一起向她说着什么。她吓坏了。她动弹不得，迷惑不解地看着它们那失音的嘴巴。她的嘴唇痉挛般地紧闭着。因为她口中含有一枚金戒指，她为这枚戒指担惊受怕。

17

为什么我要想象出她口中含着金戒指呢?

我回答不上来，就这么想象的。忽然，一句话来到了我的记忆中:“一个轻快的、透明的、金石般的音符;就像一枚金戒指掉进银瓶里。”

托马斯·曼在他非常年轻的时候，写了一篇关于死亡的短篇小说，写得既天真又迷人。在这篇小说里，死亡是美的，这种美是所有在风华正茂的年龄梦到过死亡的那些人眼中的美。那时候，死亡是不真实的，令人着迷的，同遥远的地方传来的微蓝色的声音一样。

一个患了不治之症的男青年上了一列火车，在一个陌生的车站下车，来到一个他不知何名的城市，随便找到一个房子，在一个额上长着红斑的老妇人家租了一个房间。不，我就不给您讲在这个转租的房子里后来发生的事情了。我只想提起一个无足轻重的事件：当这个患病青年在房间里走着的时候，“他觉得除了他的脚步声，还听到了隔壁几个房间的一种无以名状的声音，一个轻快的、透明的、金石般的音符。但这可能只是个幻觉。就像一枚金戒指掉进了银瓶里，他想到……”

小说中，这个小小的声响细节没有下文，也没有说明。单从情节的角度看，它可有可无。这声音只是简单地发出一声响，随兴所至，没有缘由。

我认为，托马斯·曼让这一“轻快的、透明的、金石般的音符”发出声音，是为了寂静得以产生。他需要这一寂静，让人倾听到美（因为他所谈的死亡是*死亡美*），而要感受到美，要有起码的静音（一枚金戒指掉进了银瓶里所发出的声音正是为了测度这一静音）。

（是的，我明白，您不知道我在说什么，那是因为美已经消失很久了。它消失到声音的下面，语词的声音，汽车的声音，音乐的声音，我们一直生活在这些声音之中。美像大西岛一样被淹没了。只剩下了一个词，而这个词的意义一年比一年更不知所云。）

塔米娜第一次听到这寂静的声音（它就像沉没的大西岛的一块大理石雕塑一样弥足珍贵），是在她逃出自己的国家在一个四周是森林的山间客栈醒来的时候。她第二次听到这寂静之声是漫游在海水里的时候，那时她胃里装满的那些药片没有给她带来死亡，而是带来了出人意料的安宁。这一寂静，她要通过她的身体并在她的身体中保护它。因此，我才想象她做梦梦见自己站在铁丝护网前面，在她痉挛般紧闭的嘴中含有一枚金戒指。

在她面前，有六个长脖子小脑袋的家伙，扁嘴巴无声地一张一合。她不理解它们。她不知道鸵鸟是在威胁她还是在警告她，是鼓励她还是哀求她。而正是因为她一无所知，她才惊恐莫名。她为金戒指（这一寂静的音场）担心，她痉挛般地把它含在嘴里。

塔米娜永远也不会知道这些大鸟来跟她说什么。而我，我知道。它们既不是来警告她，也不是让她守规矩，也不是要威胁她。它们对她一点儿也不感兴趣。它们之所以过来，都是为了跟她谈自己。都是为了跟她说它自己怎么吃的，怎么睡的，怎样一直跑到铁丝护网，又看到了什么。说它怎么在重要的胡胡村度过了重要的童年。说它那重要的性高潮持续了六个小时。说它看见一个漂亮女人在护网外边散步，并且披着个披肩。说它游泳了，说它病倒又治愈了。说它小时候骑自行车，而今天吃了一袋子草。它们都在塔米娜面前站着，都异口同声地在和她说着，慷慨激昂，坚持不懈，咄咄逼人，因为世界上没有任何东西比它们要和她说的事情更重要。

18

几天以后，巴纳卡在咖啡店出现了。他已喝得酩酊大醉，坐在高脚圆凳上，两次掉下来又爬起。他要了苹果烧酒，把头伏在柜台上。塔米娜注意到他在流泪。

“出了什么事，巴纳卡先生？”她问。

巴纳卡泪眼涟涟地望着她，用手指着自己的胸说：“我不在，你明白吗！我不在！我不存在！”

然后，他去了洗手间，从洗手间直接走到街上，没有付账。

塔米娜把这事儿跟雨果讲了。雨果没有解释，手指着报纸的一页给她看，上面是书评和新书动态，涉及到巴纳卡的作品，有四行讽刺挖苦的文字。

巴纳卡的这段故事，就是边哭边用手指着自己的胸说自己不存在的故事，让我想起歌德的《西东合集》里的一句诗：“倘有别的人存在，我们自己还存在着吗？”在歌德的问题里，隐藏着作家之存在的所有秘密：人，只要是写书，就变成一个世界（我们不是说巴尔扎克的世界、契诃夫的世界、卡夫卡的世界吗？），而一个世界的本质所在，便是它的独一无二性。另一个世界的存在，威胁着这一个世界的存在本质。

两个鞋匠，只要不是把彼此的铺面都开在一条街道上，完全可以和睦相处，但是，当两个人都开始写一本关于鞋匠的境遇的书的时候，他们马上就互相妨碍起来，并提出这一问题：“倘有别的鞋匠存在，自己这个鞋匠还存在着吗？”

塔米娜意识到，只要有一个陌生的目光就会毁灭掉她私人记事本的所有价值，而歌德则确信，只要有一个人的目光不在他的作品上停留，那就是对他歌德的存在的质疑。塔米娜与歌德的不同，是人与作家的不同。

写书的人是一切（对自己、对所有其他人来说，都是独一无二的世界）或者什么都不是。可是，因为永远也不可能假定一个人是一切，那我们所有写书的人，我们就什么都不是。我们默默无闻，浑身酸气，喜怒无常，又巴不得别人死掉。在这一点上，我们都是平等的：巴纳卡、皮皮、我和歌德。

写作癖在政客、出租车司机、产妇、情妇、杀人犯、小偷、妓女、警察局长、医生以及病人中的不可避免的泛滥，在我看来，无非表明着每个人毫无例外都具有作家的潜质，乃至整个人类都可以堂而皇之地走到大街上，大声叫喊：我们都是作家！

这是因为，每个人都无法忍受自己迟早会消亡，消亡到一个冷漠的世界里，默默无闻，无声无臭。因此，只要还来得及，他就要把自己变成由语词组成的他自己的世界。

如果有一天（这一天为时不远了）所有人一觉醒来都成了作家的话，那么普遍失聪、普遍不理解的时代就降临了。

19

现在，雨果成了她惟一的希望。他请她吃晚饭，这次她没有犹豫就接受了邀请。

雨果坐在她桌子对面，脑子里只有一个念头：塔米娜继续逃离他。和她在一起，他没有自信，不敢正面进攻。他越是被不能打中这个简单的、确定的目标所苦恼，他征服世界、征服这个不确定的广袤宇宙的欲望就越强烈。他从衣兜里拿出一张报纸，把它展开，递给塔米娜。在他打开的那一页，有一篇署着他的名字的长文章。

他开始侃侃而谈。他谈到他刚给她的杂志：不错，这杂志目前主要是地区性发行，但同时这也是一份扎实的理论刊物，办这份杂志的人都是些勇敢的人，他们要走得更远。雨果不停地说着，他想把自己的话变成色情挑战的隐喻、男性力量的演示。他的话中很容易猛然跳出一些抽象词语，来取代实实在在的具体事物。

而塔米娜在看着雨果，并修补着他的脸。这种精神操练成了她的一种癖好。除此之外，她不知道还能怎样去看一个男人的脸。她做了下努力，调动起自己所有的想象力，随后雨果褐色的眼睛真的变了颜色，忽然一下子，就变成蓝色的了。塔米娜目不转睛地看着他，为了避免那蓝色消失，她应该调动起自己目光的所有力量让它保持在雨果的眼睛里。

这一目光让雨果不安，为此，他一直说着话，不停地说，说得越来越多，他的眼睛有了美丽的蓝色，他的前额轻缓地向两鬓延伸，直到额前只剩下一小绺倒三角形的头发。

“我一直把我的批判针对我们的西方世界，并且只针对它。但是，在我们这里出现的不公正会把我们引导到一种面对其他国家的虚假宽容上去。多亏了您，是的，多亏了您，塔米娜，我明白了政权的问题到处都是一样的，无论是在你们那儿还是在我们这儿，无论是在东方还是在西方。我们不应该试图用一种类型的政权去取代另一种类型的政权，我们应该否定政权的原则本身，并且到处都否定它。”

雨果在桌子上面向塔米娜倾过身来，他的嘴里泛出一股酸味儿，这味道干扰了她的精神操练，于是，雨果的前额重新又布满了梳得很低的头发。雨果又重复说，他是多亏了塔米娜才明白这一切的。

“什么?”塔米娜打断了他，“可是我们从来没有一起谈过这些!”

雨果的脸上，只剩下一只眼睛是蓝色的了，并且这只眼睛也慢慢转为褐色。

“我不需要您跟我说话，塔米娜。我只需多多想着您。”

侍应生低下身来，把冷盆放在他们面前。

“我回家去读，”塔米娜边说边把杂志塞进手袋里。然后，她说：“皮皮不去布拉格了。”

“肯定是这么回事，”雨果说。然后他补充道，“不用担心，塔米娜。我向您保证过。我替您去那边。”

20

“我有个好消息告诉你。我和你弟弟说了。他星期六去见你婆婆。”

“真的吗？你和他全说清楚了？你跟他说我婆婆要是找不到钥匙，他只管把抽屉撬开？”

塔米娜挂下电话，感觉到沉醉。

“好消息？”雨果问。

“是的，”塔米娜回答。

她的耳边回响着她父亲的声音，快乐而有力，她心想自己错怪他了。

雨果站起来，走向吧台。他拿出两个杯子，倒上了威士忌。

“塔米娜，随便什么时间都可以来我家打电话，打多少都可以。我可以向您重复我说过的话。和您在一起我感觉很好，即便我知道您永远也不会和我上床。”

他费力地说出“我知道您永远也不会和我上床”，只是为了表明他可以当面和这个不可接近的女人说出某些词语（尽管是以审慎的否定形式说出的），他感觉自己几乎是个勇敢者。

塔米娜站起身，走近雨果接过她那杯酒。她想到自己的弟弟：他们已经彼此不说话了，但他们还互相喜爱，并且随时准备互相帮助。

“祝您心想事成!”雨果说完，喝光了自己那杯酒。

塔米娜也一口气喝光了她的威士忌，然后把杯子放在茶几上。她想重新坐下，但雨果已经把她抱在怀里了。

她没有反抗，她只是转过头去。她的嘴唇扭曲着，眉头紧皱。

他把她抱在怀里，自己都不知道是怎么做出来的。首先，他为自己的举动担惊受怕，要是塔米娜推开他的话，他会羞怯地松开她，道歉的话到了嘴边。但是，塔米娜没有推开他，而她那扭曲的脸和转过去的头更是让他感受到强烈的刺激。他所占有过的那不多的几个女人，对他的爱抚所做的反应都没有这样动人。大概是因为她们已经决定要和他上床了，她们从容不迫地脱下衣服，带着某种若无其事的神情，等着看他会把她们的身体怎么样。塔米娜的扭脸皱眉给他们的拥抱以一种他做梦也没有想到过的立体感。他狂热地抱紧她，想给她脱下衣服。

可是为什么塔米娜不反抗呢?

三年以来她一直带着恐惧想着这一时刻。三年以来她在这一刻的迷惑的目光下生活着。而眼下所发生的和她想象的一模一样。所以她没有反抗。她就像人们接受不可避免的事物那样接受了。

她只能转过头去。但是没有用。丈夫的形象在那儿，并且随着她脸的转动，丈夫的形象也在房间里移动。这是一个奇大无比、大于真人的丈夫的肖像，是的，正像她三年以来所想象的那样。

后来，她就全身赤裸了。错把她的举动当成是兴奋因而使自己兴奋起来的雨果，惊讶不已地发现塔米娜的下身是干涩的。

21

从前，她没打麻药做过一个外科小手术，手术过程中她强迫自己背诵英文的不规则动词。眼下，她努力去做同样的事情，全神贯注地想她的记事本。她想，它们很快就安全地到了父亲那里，正直的雨果就去给她拿回来了。

正直的雨果在她的身上已经剧烈地动了一段时间了，这时候她注意到他奇怪地支撑着前臂，上身在摆来摆去。她明白雨果对她的反应不满意，认为她不够兴奋。他费力地从不同的角度进入她的身体，指望在她体内深处的某个地方找到他把握不到的神秘的敏感点。

她不愿看到他做出的艰巨努力，她把脑袋转到一旁。她尽力去控制自己的思想，并把它们重新转向她的记事本。她强迫自己在心里背诵他们的假期的顺序，那个她重建起来尚待完备的顺序：最初的假期是在波希米亚的一个小湖旁，然后是南斯拉夫，然后又是波希米亚的小湖，还有那座温泉小城，也在波希米亚，但是这些假期的顺序不能确定。一九六四年，他们去了塔特拉山，第二年去的保加利亚，可是然后线索消失了。

一九六八年他们整个假期都待在布拉格，第二年他们去了一座温泉小城，然后就是移居国外，他们最后一个假期是在意大利度过的。

雨果抽身出来，努力转动着她的身体。她明白他是要让她趴过去。这时候，想起雨果比她年轻，她感到了羞愧。但是她努力压制住了所有的情感，完全无动于衷地服从着他。然后，她感到他的身体剧烈地撞动着她的臀部。她明白他想用他的力量和耐力征服她，他展开着一场决定性战斗，正在通过一次毕业考试，他想向她证明他能够战胜她，他配得上她。

她不知道雨果看不到她。一瞥见塔米娜的臀部（成熟的美丽的臀部张开的眼目，冷酷无情地看着他的眼目），他就兴奋不已地闭上眼睛，放慢节奏，深深地呼吸着。他也是，他现在也尽力专注地想着其他事情（这是他们之间惟一的共同点），好让做爱的时间多持续一会儿。

这时候，塔米娜眼前看到丈夫的一张大脸出现在雨果衣柜的白板壁上。她快速闭上眼睛再一次默诵他们的假期的顺序，就像默诵不规则动词一样：首先是在湖边度假；然后是南斯拉夫、湖、温泉小城，或者是温泉小城、南斯拉夫、湖；然后是塔特拉山和保加利亚，后面的线索断了；再后来是布拉格，温泉小城，最后是意大利。

雨果扰人的呼吸声把她从回忆中拉回。她睁开眼睛，在白色衣柜上，她看到丈夫的脸。

雨果也突然睁开眼睛。他瞥见了塔米娜臀部上的眼目；一阵快感袭来，雷电一般。

22

当塔米娜的弟弟去找她的记事本的时候，他根本不需要撬开抽屉。抽屉没有上锁，十一个记事本都在。它们没有打成包，而是随便扔在那儿。信件也是散乱的；只是一堆形状不一的纸。塔米娜的弟弟把它们和记事本一起塞到一个小箱子里，带到他父亲那儿去了。

电话里，塔米娜告诉她父亲全部仔细包好，用胶纸粘上，把包封上口，并且，她特别再三强调，不论是他还是弟弟，都不要去读它们。

他向她保证，语气中感觉到几乎受到了冒犯，他们从来没有想过要去仿效塔米娜的婆婆，去读一些与他们无关的东西。但是，我知道（塔米娜也知道），对目光的某些诱惑是什么人都拒绝不了的：比如看一场交通事故，或阅读属于别人的情书。

这样，塔米娜的私人书信终于放到了她父亲那里。但她还那么在意吗？她不是对自己说过一百遍，说那些陌生的目光就像是冲洗掉墙上铭文的雨水吗？

不，她弄错了。她比以前更想拿到它们，它们对她更宝贵了。

这是些被蹂躏被强奸的记事本，跟她本人一样。在她和这些回忆之间，有了情同手足的同样命运，她更爱它们了。

但她觉得受到了玷污。

很久以前，当她七岁的时候，她叔叔无意中撞见她在睡房里一丝不挂。她羞愧难当，并把羞愧变成了反抗。当时她庄严且幼稚地发誓，一辈子也不去看他。责备她、斥责她、嘲笑她，统统没用。她叔叔常常来他们家做客，可是她以后再也没有抬眼看他。

她现在面临着同样的处境。虽然她感激父亲和弟弟，但是她再也不想见到他们。她知道，比以前更清楚地知道，她再也不会回到他们身边了。

23

雨果意想不到的性成功，也给他带来了意想不到的失望。他可以随时跟她做爱（她不能拒绝已经同意和他做过一次的事情），但是他觉得既没有把她征服，也没有把她的心捕获。噢！他身体下面的一个赤裸的身体怎么可以如此无动于衷、若无其事，如此遥远和陌生？他难道不想让她成为他内心世界的一部分，糅合着他的血液和他的思想的宏伟壮丽的内心世界？

在饭店里，他坐在她对面，说着："我要写本书，塔米娜，关于爱情的书，是的，关于你和我，关于我们俩，我们最亲密的日记，我们两个身体的日记，是的，我要扫除掉所有的禁忌，说出一切，说出我的一切，我存在和思考的一切，而同时这又是一部政治书，一部关于爱情的政治书，一部关于政治的爱情书……"

塔米娜看着雨果，突然之间，他不再能更持久地忍受这一目光，说得语无伦次起来。他想把她捕捉到融合着他的血液和思想的世界里，但她完全封闭在自己的世界之中。由于无人分享，他说的话在他嘴里变得越来越重，语速也越来越慢：

"…… 一部关于政治的爱情书，是的，因为世界应该按人的尺度来创造，按我们的尺度，按我们身体的尺度，你的身体，塔米娜，我们的身体，是的，为了我们有朝一日能不一样地拥抱，不一样地爱……”

词语越来越重，就像大口地嚼着咬不动的肉一样。雨果不说了。看着美丽的塔米娜，他心生恨意。他觉得她不把他放在眼里。她高栖在移民和寡妇这一过去之上，就像站在摩天大楼的楼顶，带着虚假的自豪高高在上地看着其他人。雨果充满了嫉妒，想着他努力在这一大楼对面建立起来而她却看也不看一眼的他自己的高楼：他的高楼是用一篇发表的文章和计划中的关于爱情的一本书建成的。

然后，塔米娜问他："你什么时候去布拉格？"

雨果想她从来没有爱过他。她和他在一起，只是因为她需要他去布拉格。他产生了一个不可遏止的报复她的欲望。

"塔米娜，"他说，"我以为你自己会明白。你是读过我的文章的！"

"是的，"塔米娜说。

他不相信她。她要是读过，也是一点儿也不感兴趣。她从未提到过。雨果感觉到他惟一能有的伟大情感，就是对他这个被看轻、被遗弃的高楼（那由发表的一篇文章和计划要写的关于他对塔米娜的爱的书建成的高楼）的忠贞不渝，他可以为这座高楼去战斗，强迫塔米娜睁开眼睛看着它，为它的高大而赞叹。

"你知道的，我在文章里谈了政权的问题。我分析了政权的运转。我批评了在你们那里所发生的事情。我直言不讳。"

"听着！你真的以为在布拉格的人们会知道你的文章吗？"

雨果受到了这一嘲讽的伤害："你很长时间不在你的国家生活，你忘记你们的警察有什么本事了。这篇文章有很大的反响。我收到了很多信。你们的警察知道我是谁。我知道。"

塔米娜沉默了。她越来越美。天哪，如果她稍稍睁开眼睛看一下他的世界，他要在里面捕获她并融合着他的血液和思想的世界，他会答应她去布拉格旅行一百个来回的！他忽然改变了语气。

"塔米娜，"他神情忧郁地说，"我知道你怨我，因为我不去布拉格的事儿。我也是，我起先想可能等一等再发表这篇文章，后来我明白我没有权利再沉默下去。你理解我吗？"

"不，"塔米娜说。

雨果知道自己说的都是蠢话，这蠢话会把他引向一个无可挽回的境地，但他没有退路并为此感到十分沮丧。他的脸涨得通红，他的声音在发颤："你不理解我？我不愿意我们这里也落得个跟你们那里一样的下场！如果大家都沉默，我们最后全变成奴隶。"

就在这时，塔米娜感觉到一阵强烈的恶心，她离开椅子，冲向卫生间；肠胃涌上喉咙，她跪在便盆前要吐，她的身体抽搐着就好像被痛哭所震动一样，她眼前看到了这个家伙的睾丸、生殖器、阴毛，闻到了他嘴里的酸臭气息，感觉到他的大腿在接触她的臀部。这时候，她想到她再也想不起她丈夫的生殖器和阴毛是什么样了，厌恶的记忆比柔情的记忆更强大（是的，天哪，厌恶的记忆比柔情的记忆更强大！），她可怜的脑袋里今后就只剩下这个有口臭的家伙了。她呕吐着，抽搐着，呕吐着。

她从卫生间出来，嘴巴（还有不少酸味）紧紧地闭着。

他很尴尬。他想送她回家，可是她一句话也不说，嘴一直紧紧地闭着（就像在梦里，她口含一枚金戒指那样）。

他说着什么，她加快脚步作为惟一的回答。一会儿，他就找不出什么可说的了，他又默默地在她身边走了几米，然后他停在原地，不动了。她一直往前走，头也不回。

她继续给人端送咖啡，再也没有往布拉格打过电话。

第五部

力脱思特

谁是克里斯蒂娜？

克里斯蒂娜是个三十来岁的女人，有一个孩子，丈夫是肉店老板，夫妻相处得不错。她还断断续续地和当地一个车库工人有来往，工余时间，他们时不时在车间里不太舒服的条件下偷情做爱。小城不太适于婚外恋情，或者用另外的方式来表达的话，在这个小城偷情要有机灵巧妙和无所畏惧的本事，而这些克里斯蒂娜夫人并不很擅长。

因此，和大学生的结识就只能更让她晕头转向了。大学生来到住在这个小城的母亲家里度假。他两次盯着站在柜台后面的肉店老板娘看个不停，第三次盯着她看的时候是在浴场里，他和她搭了话。大学生的神态中有一种如此迷人的腼腆，这让习惯了肉店老板和车库工的少妇感到无法抵抗。自结婚以后（已经有十个年头了），她还没敢接触过丈夫以外的其他男人，除了她安全地躲在上了锁的汽车库里面、在拆散的汽车和破旧的轮胎之间与车库工偷情的时候。而现在她一下子就有了在光天化日众目睽睽之下去赴爱的约会的胆量。尽管选择了到最偏僻的地方去散步，不大可能碰上难缠的人，克里斯蒂娜夫人还是心跳个不停，兴奋不已又惶恐不安。可是，她越是在危险面前勇敢无畏，和大学生相处就越是持重。他们没有走得很远。他只获得了简短的拥抱和甜蜜的亲吻，她不止一次地从他怀里挣脱出来，而在他爱抚她的时候，她一直双腿夹紧。

不是因为她不想要大学生，而是因为她从一开始就对他那温柔的腼腆动情，并且她想为自己保存住这一柔情的腼腆。听到一个男人表达他对生活的看法，跟她提起诗人和哲学家的名字，这是一件还从未在克里斯蒂娜夫人身上发生过的事情。可是，那可怜的大学生，他谈不出其他的东西，作为诱惑者，他侃侃而谈的范围相当有限，并且他也不知道要结合对方的社会背景来发挥自己的口才。此外，他还认为自己这样做无可厚非，因为引用哲学家的名言，在这个单纯的肉店老板娘身上产生的效果，要远大于他在大学里的女同学。不过，有一件事情他是不明白的：哲学家名言的有效引用也许会让肉店老板娘心荡神迷，但也在肉店老板娘的身体和他的身体之间立下了一道屏障。因为克里斯蒂娜夫人不无困惑地想到，如果把自己的身体给了大学生，她就把他们的关系降低到了肉店老板和车库工人的水平上，那样，她就再也听不到叔本华了。

在大学生面前，她也感觉到一种不曾有过的窘迫。跟肉店老板和车库工在一起的时候，她什么话都可以单刀直入，轻轻松松就能把事情说清楚。比如，她事先跟他们两个人说好做爱时要十分小心，因为她分娩以后医生对她说，她不能要第二个孩子，因为这对她健康不利，甚至有生命危险。这篇故事发生在一个久远的时代，那时候堕胎是严格禁止的，女人们没有任何办法自己避免怀孕。肉店老板和车库工相当理解克里斯蒂娜的顾虑，而她每次在允许他们近身之前，总要轻松自然地核实一下他们是否采取了一切必要的措施。但是，一想到要和她的天使、从与叔本华对谈的云端下降到她这里的天使，也要这样去做，她便觉得到时找不出合适的话说。我可以从她这次守身如玉的态度中总结出两个理由：尽可能长久地把大学生守持在令人心荡神迷的温柔腼腆的领域；非到万不得已，不去跟他讲那些肉体之恋所必不可少的琐碎事项和保险措施，以免让他心生反感。

但是，大学生尽管文质彬彬，头脑却十分固执。虽然克里斯蒂娜夫人把双腿夹得紧得不能再紧，他还是勇敢无畏地搂住她的臀部贴到自己身上，这一接触想要表明的是：一个人即便喜欢引用叔本华，也并不因此就准备放弃他所喜欢的肉体。

后来，假期结束了，两个恋人发现他们很难一年也不见上一面。克里斯蒂娜夫人只要找个借口就可以来看他。双方都十分清楚这次见面将意味着什么。大学生住在布拉格的一个顶楼的小房间，而克里斯蒂娜夫人没有其他的落脚之处。

什么是力脱思特?

力脱思特（*Litost*）是个很难翻译成其他语言的捷克词。它的第一个音节是重读长音，读起来让人想起弃犬的哀号。我在其他语言中无论如何也找不到与它的词义相对应的词来，尽管我难以想象没有它怎么能够理解人的心灵。

举个例子说吧：大学生和他那也是大学生的女友在河里游着泳。那姑娘是个运动员，而他游得很差。他不会在水里换气，他游得很慢，脑袋直挺挺地竖在水面上。女大学生不可理喻地爱着他，她非常善解人意地与他游得同样慢。但是，快要游到尽头的时候，她想尽情地放纵一下运动员的本能，甩出几个自由泳动作，就向对岸游了过去。大学生想尽力游得同样快，但是呛了几口水。在自己的体质低下面前，他感到自己遭到了贬低，被剥露无遗，于是他产生了力脱思特。他想起了小时候由于母亲的溺爱和看管，自己度过了一个没有体育锻炼、没有伙伴的多病的童年，于是心中油然升起对自己的灰心，对人生的沮丧。从一条乡间小路回来的时候，两个人都默默无语。他感到自己受到了伤害和羞辱，控制不住地想打她一顿。“你这是怎么了？”她不解地问他，而他却指责起她来；她明明知道对岸那边有激流，他又跟她说过别到那边儿去游，要是她被淹死怎么办？他打到了她脸上。姑娘哭了起来，看到泪水落在她脸颊上，他心生怜悯，把她抱在怀里，他的力脱思特随之烟消云散。

或者，再举一个发生在大学生童年时期的事件：他父母让他去学钢琴。他不是很有天赋，钢琴教师用冰冷的令人难以接受的声音打断他，批评他的错误。他感觉受到了侮辱，想哭上一场。但是，他非但不去检讨自己，让自己演奏得更准确，少犯错误，反而故意弹得错上加错。钢琴教师的声音更难听，更生硬了，而他却越来越深地陷入到他的力脱思特之中。

那么，什么是力脱思特呢？

力脱思特是突然发现我们自身的可悲境况后产生的自我折磨的状态。

为了医治我们自身的可悲，比较常见的药方是爱。因为绝对被爱的人是不可悲的。所有那些缺陷都被爱的神奇目光补救了，在爱的目光下，脑袋挺立在水面上的笨拙的泳姿，可以变得迷人可爱。

绝对的爱实际上是追求绝对同一的愿望：我们爱着的女人应该和我们游得一样慢，她不应该有属于自己的、会幸福地回忆起来的过去。可是，一旦绝对同一的幻想破灭（姑娘幸福地想起她的过去，或者她快速游起来），爱就成了不断产生我们称之为力脱思特的那种不尽烦恼的源泉。

对人所共有的不完美有着深刻体会的人，相对说来不怎么会受到力脱思特的冲击。他所阅历的自身的可悲，对他来说是一件稀松平常的事情。力脱思特因而特属于初出茅庐的年龄，它是青春的点缀。

力脱思特如同一台有两个运转节奏的发动机。自我折磨之后产生的是报复的欲望。报复的目的，是让同伴显现出和我们一样可悲。男人不会游泳，而被打了耳光的女人哭了。这样，他们就可以感觉到平等并因此保持住他们的爱情。

由于报复永远也显示不出它真正的动力（大学生不可能跟那姑娘承认说，他之所以打她，是因为她游得比他快），它就会搬出一些虚假的理由。力脱思特因而永远与病态的虚伪脱不掉干系：小伙子声称因为担心女友溺水而害怕得要命，孩子不停地演奏错误的音符，掩饰着自己不可救药地缺乏才华。

这一章起先应该定名为“谁是大学生？”。但是，既然它探讨的是力脱思特，就跟讲这位大学生的故事没什么两样，因为他就是力脱思特的化身。因此，也就难怪那爱着他的女大学生最终弃他而去了：因为自己游泳游得好而挨打，毕竟不是一件让人开心的事情。

他在家乡城市里邂逅的肉店老板娘的出现，就像是专门来为他来包扎伤口的一大块胶布绷带。她仰慕他，视他为神明，并且当他给她讲叔本华的时候，她并没有试图通过表示不同看法而表明她有她自己的、不同于他的独立的个性（像他该死的记忆里的女大学生那样），而是带着别样的目光盯着他看。他被克里斯蒂娜夫人的深情所感动，竟想象着从这样的目光中看到了泪水。另外，也别忘了补充上这一点：自从和女大学生分手后，他还没有和哪个女人上过床。

谁是伏尔泰？

伏尔泰是文学院的助教，他才思敏捷，咄咄逼人，双眼发出尖刻的目光，投射到对手的脸上。这足以让他获得伏尔泰这一绰号了。

伏尔泰很喜欢大学生，这可不是个无足轻重的待遇，因为在待什么人友好方面，他是很挑剔的。下课以后，他过来问他第二天晚上是不是有空。唉！第二天晚上，克里斯蒂娜夫人要来看他。大学生鼓足勇气才和伏尔泰说他已经有了安排。但是，伏尔泰挥挥手就打掉了他的婉言拒绝："那么，把你的约会改期。你不会后悔的。"并对他说明，第二天全国的诗人都要在文人俱乐部聚会，他伏尔泰将和他们在一起。他希望大学生能来和他们认识一下。

是的，还有那位大诗人，伏尔泰在写关于他的一部专著并常去他家里拜访。大诗人身体不好，走路要用拐杖。因此，他很少出门，能见到他的机会也更为宝贵。

大学生知道第二天要去那里的所有诗人的著作，至于那位大诗人的作品，他可以整页整页地倒背如流。与这些人私下相处一个晚上，是他一直以来的最热切的愿望。可这时候，他又想起自已好几个月没有和女人做爱了，于是他又跟伏尔泰说他来不了。

伏尔泰不理解还有什么事情能比去见伟大人物更为重要。一个女人？这难道不是可以顺延一下的事情吗？突然间，他的眼睛里充满了讽刺的光芒。而大学生的眼前，此时闪动的是肉店老板娘的形象，她羞羞答答的，让他在整整一个月的假期里都没有得手。因此，尽管他十分为难，还是摇头说不。这个时候，克里斯蒂娜胜过他的国家所有的诗。

折衷方案

她是上午到的。白天，她以在布拉格要买些东西为借口消磨时光。大学生约她晚上在一家他选定的咖啡店见面。他进来的时候，差不多吓了一跳：大厅里满是酒鬼，他假日里的外省仙女正坐在靠卫生间的一个角落，面前的桌子不是为客人吃饭准备的，而是备放脏盘脏杯的。她的穿着笨拙庄重，只有来参观首都的外省妇人才这么打扮自己，那种很长时间没来过首都并打算尽情享受一番的外省妇人。她戴着顶帽子，脖子上挂着刺眼的珍珠项链，脚上穿的是薄底浅口黑皮鞋。

大学生觉得自己脸颊在发烧——不是因为激动，而是因为难堪。在小城的背景下，与她的肉店老板、车库工和退休老人在一起，克里斯蒂娜给人留下的是完全另外一种印象，而这里是布拉格，是女大学生和俊俏的女理发师的城市。在他看来，带着可笑的珍珠和隐蔽的金牙（在口中上方的一个角落）的克里斯蒂娜，简直就代表着对青春的、穿着牛仔裤的女性美的否定，而这一女性美近几个月来残酷地排斥着他。他趔趄地走向克里斯蒂娜，他的力脱思特也伴着他前行。

大学生固然感到失望，而克里斯蒂娜夫人也未尝不是如此。他约请她来的餐厅有个漂亮的名字：瓦茨拉夫国王酒店。对布拉格不甚了解的克里斯蒂娜以为这是一家豪华的大饭店，大学生与她在这里共进晚餐后要让她去发现布拉格的娱乐生活的种种妙趣。可是，看到这所谓的瓦茨拉夫国王酒店与车库工喝啤酒的地方没什么区别，而她还要在靠厕所的那个角落等着大学生，她所感受到的不是我称作力脱思特的那种情感，而是完全平常的一种愤怒。我想说的是，她在这里并没有感到自己可悲，也不是觉得受到了侮辱，她只是认为大学生做事情太欠考虑。此外，她也毫不犹豫地和他说了出来。她恼羞成怒地和他说话，就像面对着肉店老板一样。

他们立在那里，面对面，她滔滔不绝地扯着嗓门指责他，而他则有气无力地招架着。他对她所产生的厌恶更强烈了。他想把她尽快带回家里，让她远离众人的视线，并期望两相厮守的亲密能让消失了的魅力重现。但是她拒绝。她很长时间没来首都了，她要看点儿什么东西，出去逛逛，开心地玩一玩。她那薄底浅口黑皮鞋和刺眼的大粒珍珠在高声地要求得到它们的权利。

“这可是一家绝好的小酒店，来这里的都是出类拔萃的人，”大学生这么给她解释着，这就等于对肉店老板娘说：她根本不明白首都什么地方好玩、什么地方不好玩。“不巧的是，今天这里客满，我带你另找地方。”可是，仿佛成心与他们为难似的，所有其他餐馆也都一样的爆满，餐馆与餐馆之间总有一小段路要走，而戴着小帽子、挂着珍珠项链并有金牙在嘴里发光的克里斯蒂娜夫人，在他眼里看来可笑得无法容忍。他们走过的街上满眼是青春女性，大学生这时候明白他犯了一个无法原谅的错误，为了克里斯蒂娜而放弃了和他的国家的伟大人物共度良宵的机会。但是，他也不想招来她的敌意，因为我前面说过，他已经很久没有和女人上床了。只有巧妙设计出的一个折衷方案才能彻底解决这一疑难问题。

他们终于在一家较远的饭馆找到一张空桌子。大学生叫了两杯开胃酒，忧郁地看着克里斯蒂娜说：这里，在布拉格，生活中总有出乎意料的事情发生。就在昨天，他接到了这个国家最杰出的诗人的电话。

当他说出那个名字时，克里斯蒂娜夫人跳了起来。上学的时候，她背得下他的一些诗。我们在学校里知道了名字的那些伟大人物的身上有着某种非真实的和非物质的东西，他们虽然健在，却像过世的人一样，进入了不朽者的辉煌殿堂。克里斯蒂娜不能相信这是真的，大学生竟然和他认识。

他当然认识，大学生声明说。他写的硕士论文就是关于他的，这是一篇专题研究，有一天大概会成书发表呢。他从来没有和克里斯蒂娜夫人谈过这事儿，担心她会以为他在自吹自擂。而现在他该和她说，因为大诗人忽然挡在了他俩的路途中间。实际上，今天晚上，这个国家的诗人们在文人俱乐部有一个私人讨论会，只邀请了几个批评家和几个圈内人。这是一次非常重要的聚会，人们期待着迸出火花的辩论。当然，大学生不去了。他非常高兴能和克里斯蒂娜夫人在一起。

在我那温情而独特的国家，诗人的魅力还在不停地作用于女人们的心灵。克里斯蒂娜对大学生钦佩不已，心中生起一种母性的欲望，想设身处地地为他提供建议。她采取了舍己为人的态度，颇有气度又十分出人意料地声明说，大学生要是不去参加有那个大诗人出席的晚会，那就太可惜了。

大学生说，他想尽了一切办法想让克里斯蒂娜和他一起去，因为他知道她会很高兴见到大诗人和他的朋友们。可惜的是，这不可能。即便是大诗人也不带夫人出席。讨论会只面对一些专家。一开始，他真的没有想去，但是现在，他觉得克里斯蒂娜也许有道理。是的，这是一个好主意。他还是可以过去待上一个小时。他去的时候，克里斯蒂娜在他家中等着他，然后他们就在一起了，只有他们两个人。

戏剧和文艺演出的诱惑被忘记了，克里斯蒂娜来到了大学生的顶楼房间。她首先感到的是和走进瓦茨拉夫国王酒店时一样的失望。这都算不上是个套间，只是个没有前厅的小房间，所有的家具就是一个沙发和一个书桌。可是她对自己的判断不再有把握。她进入了一个有着她所不理解的神秘价值等级的世界。但是她很快就和这不舒服的、肮脏的房间和解了，并且她调动起女性的所有才华让自己产生出宾至如归的感觉。大学生请她摘下帽子，给了她一个吻，让她坐在沙发上，给她指了指小书架，上面可以找到他不在时可以消遣一下的东西。

这时候，克里斯蒂娜有了个想法："你有他的书吗?"她说的是那个大诗人。

是的，大学生有他的书。

她怯怯地继续说："你不能作为礼物送给我吗?请他给我题个词?"

大学生欣喜若狂。大诗人给克里斯蒂娜的题词就取代了戏剧和文艺演出。他觉得自己愧对了她，甘愿为她赴汤蹈火。正像他所期待的那样，自己小房间里的亲密气氛重现了克里斯蒂娜的魅力。街上穿梭的青春女性们消失了，她谦和的魅力静静地溢满了整个房间。失望悄然消散，当大学生起身去俱乐部的时候，心情轻松愉快，因为他为刚刚开始的这个夜晚做出了一个两全其美的安排。

诗人们

他在文人俱乐部门前等伏尔泰，和他一起上了二楼。他们去了衣帽间，然后到了门厅，这时已经传来快乐的喧闹。伏尔泰打开了客厅的门，大学生看到围绕在一张大桌子周围的，是他的国家的全部的诗。

我在遥遥两千公里以外的地方看着他们。现在是一九七七年的秋天，我的国家九年以来在俄罗斯帝国温柔且有力的怀抱下沉睡，伏尔泰已经被赶出大学，我的书被所有的公共图书馆下架，收到一起，密封在国家的某个地下室里。回想当时，我又等了几年，然后登上了一辆汽车，尽可能远地向西开去，一直来到雷恩这座布列塔尼城市，当天就在最高的一座塔楼的最高一层找到一套房子。第二天早晨，太阳把我照醒的时候，我看明白了，那些大窗户是朝东开的，朝布拉格的方向。

因此，我现在是高高地站在自己的屋顶阳台上看着他们，不过实在是太远了。幸好我的眼中有一滴泪，它就像望远镜一样，让他们的脸离我更近。现在，我清晰地辨识出稳稳地坐在众人中间的大诗人。他肯定有七十多岁了，但是面孔依旧俊朗，眼睛依旧神采奕奕，充满智慧。他那一对拐杖靠在他身旁的桌子上。

我看到的他们，身后的背景是灯火辉煌的布拉格，时间是十五年以前，他们的书还没有被禁闭在国家的某个地下室里，他们正围坐在一张满是酒瓶子的大桌子前，快乐、喧闹地交谈。他们中的每一个人我都非常喜爱，我犹豫着是否拿起电话簿来随便给他们起上个平常的名字。如果要用借来的名字来掩盖他们的真实面孔的话，我更愿我给他们起的名字像是一件礼物、一个点缀和一份敬意。

既然学生们能给助教起个伏尔泰的绰号，我为什么不能把人人爱戴的大诗人称为歌德呢？

坐在他对面的，就是莱蒙托夫。

那位眼睛乌黑且带有梦幻色彩的，我要叫他彼特拉克。

此外，还有魏尔伦、叶赛宁和其他一些人，这就不必多说了。但是，也有一个人肯定是阴错阳差出现在那里的。远看起来（从两千公里之外遥望），诗歌女神并没有赐过他一吻，而他也不喜欢诗。他叫薄伽丘。

伏尔泰从靠墙的地方拿来两把椅子，把它们推到堆满酒瓶子的桌子前，向诗人们介绍了大学生。诗人们礼貌地点头示意，只有彼特拉克没有注意到他，因为他正和薄伽丘争得不可开交。他以下面的话结束了他们的争辩："女人总是比我们高明。关于这一点，我可以讲它几个星期。"

歌德鼓励他说："几个星期太多了。至多讲十分钟吧。"

彼特拉克的故事

“上个星期的一天晚上，我经历了一件不可思议的事情。我妻子刚洗完澡，穿着红色的浴衣，披散着金发，美丽动人。那时候是九点十分，有人按门铃。我打开房门，看见一个年轻姑娘靠墙站着。我马上认出她来。我一星期去一次一所女子高中。她们成立了一个诗社，她们暗恋着我。”

“我问她：‘请问，你在这里做什么？’

“‘我要和您谈谈！’

“‘和我谈什么？’

“‘我要和您说的，非常重要！’

“‘听着，’我对她说，‘太晚了，你不能现在来我家，赶紧下楼，到地下室门口等我！’

“我回到房间，对我妻子说有人走错门了。然后，我若无其事地对她说我要下楼去地下室取煤，我拿起了两个桶。这一下，可是个错误。我的胆囊折磨了我整整一个白天，我一直在床上躺着的。这突如其来的热忱大概让我妻子起了疑心。”

“你有胆囊的烦恼吗？”歌德关切地问。

“都好几年了，”彼特拉克说。

“为什么不做手术？”

“绝对不做！”彼特拉克回答。

歌德点了点头，表示同情。

“我说到哪儿了？”彼特拉克问。

“你胆囊有问题，你拿着两个煤桶，”魏尔伦提醒他。

彼特拉克接着说：“我在地下室门口见到那姑娘，我对她说下去。我拿起一个铁锹，往桶里装煤，努力想弄明白她要干什么。她不停地说，需要见我。其他我什么都没听明白。”

“后来，我听到脚步声从楼梯上传来。我抓起一个刚装满的煤桶，跑出地下室。我妻子正在下楼。我把桶递给她，说：‘赶紧把这个拿上去，我去装另一个。’我妻子提着桶上去了，我重新来到地下室，我对那姑娘说我们不能待在这儿，到街上等我。我快速装满另一只桶，跑着上楼。我亲了一下我妻子，告诉她先去睡，我洗个澡再睡。她去睡了，我来到浴室，打开水龙头。水哗哗地落在浴缸里。我脱下拖鞋，穿着袜子走到过厅。这一天我穿的皮鞋就在门口。我把它们还放在那里，表示我没有走远。我从柜里拿出另外一双皮鞋穿上，我悄悄地溜出了家门。”

这时，薄伽丘插话了：“彼特拉克，我们都知道你是个大诗人。但我也注意到你是个做事有条不紊的人，一个狡猾的战略家，每时每刻都不让激情蒙蔽住双眼！你摆弄拖鞋和两双皮鞋那一段，简直是杰作!”

在座的所有诗人都赞成薄伽丘的看法，大家一起称赞彼特拉克，彼特拉克得意非凡。

“她在街上等着我。我想让她安静下来。我对她解释说我必须回家，我向她建议明天下午我妻子上班时再来，到时没有人打扰我们。我住的那幢楼前面有一个有轨电车站。我催着她走。可是电车来的时候，她大笑起来，急着想跑回楼门口。”

“该把她推到电车底下去，”薄伽丘说。

“朋友们，”彼特拉克用几近庄重的语调说，“有的时候，不管我们愿意不愿意，待女人都不应该太客气。我对她说：‘如果你不想心甘情愿地回家，我就要把楼门锁上了。不要忘记这里是我的家，我不想把它搞得乱七八糟!’另外，朋友们，请你们想象一下，我在楼前和她争吵的时候，楼上浴室里的水龙头还开着呢，浴缸的水随时可能流出来!

“我转过身来，冲向楼门。她也跟着我跑。更倒霉的是，有其他人正在这时也向楼里走，而她就钻进人堆里进楼了。我像个长跑运动员一样爬上楼梯！我听到身后有她的脚步声。我们住在四层！成绩还不错！但我比她更快，关门的时候几乎撞上她的鼻子。我还有时间从墙上拔下门铃线，这样就听不见她按铃的声音，因为我十分清楚，她会去按铃并且不会再松开门铃。之后，我踮着脚尖走进浴室。”

“浴缸没有溢水吧？”歌德关心地问。

“我在就要溢水的时刻关上水龙头。然后，我到门口去看了一眼。我打开窥视孔，发现她还在那儿，一动不动，眼睛紧盯着房门。真让我害怕，朋友们，我在想她是不是要一直待到第二天早晨。”

薄伽丘犯众怒

“彼特拉克，你真是个不可救药的女性崇拜者，”薄伽丘插话说。“我想，这些成立诗社的女孩子把你当作阿波罗一样奉若神明。我可是绝对不愿意遇到她们。一个女诗人是双倍的女人。对于我这样一个厌恶女性的人来说，这太过分了。”

“听我说，薄伽丘，”歌德说，“你为什么总要标榜自己厌恶女性呢？”

“因为厌恶女性的男人是最好的男人。”

听到这句话，所有的诗人都以一片嘘声作为回答。薄伽丘不得不提高声音：

“听我说清楚。厌恶女性的人不是蔑视女人。他是不喜欢女性。男人很久以来就被分成两大类。一类是女性的崇拜者，也就是说：诗人。另一类是厌恶女性的人，更好的说法是：女性的仇视者。崇拜者或者说诗人推崇传统的女性价值，诸如感情，家庭，母性，生育，歇斯底里的灵光一闪，以及我们天性中的神圣声音。而这些价值给厌恶女性的人或女性的仇视者带来的则是轻微的恐惧。崇拜者敬仰女人身上所具有的女性，而仇视者总是将女人置于女性之上。有一件事情不要忘记：一个女人只有和一个女性仇视者在一起才会真正幸福。而和你们在一起，从来不会有一个女人感到幸福！”

这些话又激起了一阵敌意的喧闹。

“崇拜者或诗人可能为女人带来悲剧、激情、眼泪、忧心，但从未带来过快乐。我就认识这样一个人。他崇拜他的妻子，然后又崇拜上另一个女人。他不愿意因欺骗而让前者受辱，也不愿意因为做秘密情妇而让后者蒙羞。于是，他向妻子坦白一切，并请求她的帮助，他妻子病倒了，他不停地哭泣，到最后他情人忍无可忍，对他说要离他而去。他躺在电车的铁轨上想让自己被轧死。不幸的是，司机从远处看见了他，这个崇拜者因妨碍交通被罚五十克朗。”

“薄伽丘是个骗子！”魏尔伦喊起来。

“彼特拉克刚给我们讲的，与这个完全是一回事，”薄伽丘继续说，“你的金发妻子那么好，值得把那个歇斯底里的姑娘当真吗？”

“关于我妻子，你又知道什么！”彼特拉克反驳着，提高了声音。“我妻子是我忠实的女友！我们彼此没有秘密！”

“那你为什么要换皮鞋呢？”莱蒙托夫问。

但是彼特拉克没有让自己受到干扰。“朋友们，在那姑娘站在过道里而我确实不知怎么办才好的关键时刻，我到卧室里去找我的妻子，我向她如实坦白。”

“就像我说的那个崇拜者一样，”薄伽丘笑着说，“如实坦白！这是所有崇拜者的反应！你肯定请她帮助你！”

彼特拉克的声音里充满了柔情：“是的，我请她帮助我。她从来不拒绝帮助我。这次也一样。她自己走到门前，而我，我则待在卧室里，因为我害怕。”

“换上我，我也会害怕的，”歌德充满同情地说。

“她回来的时候，十分平静。她从窥视孔看了一下楼道，她打开房门，连个人影都没有。好像是我无中生有、没事找事似的。但是，突然我们听到身后传来巨大的声响，窗玻璃碎片横飞。你们知道，我们住的是老式套房，窗户外面都有走廊。那姑娘，看着按门铃没有人答应，不知从什么地方找来个铁杠子，带着铁杠子来到了走廊上，开始一块一块地砸我们家的玻璃。我们在房里面看着她，不知如何是好，心里发慌。之后，从伸手不见五指的走廊的另一端，我们看到三个白影出现了。是对面套房里的老太太。玻璃的爆裂声把她们吵醒了。她们穿着睡衣跑过来，贪婪地、迫不及待地、高兴地想瞧这出意料不到的闹剧。想象一下这幅画面吧！一个手拿铁杠的美丽少女，身边围绕着三个巫婆的不祥的影子。

“然后，那姑娘打碎了最后一扇玻璃窗后，跳进了房间。

“我想过去和她说话，但我妻子抱住我，恳求我说，‘别去，她会杀了你的!’那姑娘手持铁杠立在房中央,就像是拿着长矛的圣女贞德一样,美丽且威武!我挣脱开妻子的怀抱,向那姑娘走去。随着我的靠近,她的目光失去了威胁的表情,变得柔和起来,充溢着安宁祥和。我抓住铁杠,把它扔在地上,拉起那姑娘的手。”

侮辱

“你的故事，我一个字也不相信，”莱蒙托夫表示。

“当然，事情经过并不完全像彼特拉克所讲的那样，”薄伽丘又插话了，“但我认为确实发生过。那姑娘是个歇斯底里的女人，任何一个正常的男人，在同样的情况下，早已抽过去两个大耳光了。崇拜者或诗人一直是歇斯底里式女性梦想的猎物，她们知道这些人永远不会打她们耳光。崇拜者在女人面前是被解除了武装的，因为他们从来没有跨出他们母亲的影子。他们把每个女人都看作母亲的使者，惟命是从。母亲的裙子便是他们的苍穹。”这句话让他喜欢，随之重复了几遍：“诗人们，你们在头顶上所看到的，不是天空，而是你们母亲那硕大的裙子！你们都在母亲的裙下生活着！”

“你在那儿说什么呢？”叶赛宁用难以置信的声音叫喊着，并从他的椅子上跳了起来。他摇晃着身体。这个晚上，数他喝得最多。“你说我母亲什么呢？说什么呢，你？”

“我没有说你的母亲，”薄伽丘轻声地说。他知道叶赛宁和一个比他大三十岁的著名女舞蹈家在一起生活，他为此对他深表同情。可是，这时叶赛宁的唇间已经流出唾沫，他身体前倾，吐了过来。不过，他喝得烂醉，唾沫落到了歌德的衣领上。薄伽丘拿出自己的手帕，为大诗人擦拭。

吐完以后，叶赛宁感到致命的疲倦，跌坐到他的椅子上。

彼特拉克继续说："朋友们，我希望你们大家都能够听见她说了些什么，真是令人难忘。就像是祈祷，念着连祷文一样，她对我说：'我是一个简单的女孩，平常不过的女孩，我没有什么可以奉献，我来这里，是因为爱的派遣，我来这里，'这时她紧紧抓住我的手，'是想让你知道什么是真正的爱，想让你一生中经历过一次。'"

"你妻子对这位爱的使者说什么？"莱蒙托夫用极为明显的嘲讽语调问道。

歌德哈哈大笑起来："要是有女人来砸莱蒙托夫家的窗玻璃，他有什么不能奉献的！他甚至会付给她钱让她来砸！"

莱蒙托夫用仇恨的目光看了歌德一眼。彼特拉克接着说："我妻子？你弄错了，莱蒙托夫，你要是把这个故事看成是薄伽丘的一个幽默短篇的话，那你就错了。那女孩向我妻子转过身去，她的目光祥和安宁，又像是在祈祷、在诵读一篇连祷文一样，她对我妻子说：'不要怪我，夫人，因为您很善良，因为我也爱您，爱你俩。'之后，她也拉起了她的手。"

"如果是薄伽丘的一个短篇里的场景，那我没什么意见，"莱蒙托夫说，“可是你给我们讲的，比那还要差，简直是劣诗。”

“你嫉妒我！”彼特拉克向他喊道。“你什么时候和两个爱着你的漂亮女人同处一室过？你知道我妻子她身穿红色浴衣、披散着金发是多么美丽吗？”

莱蒙托夫带着嘲讽的笑声笑了起来，可这时候歌德决定要对他尖酸刻薄的评论进行处罚了：“你是个大诗人，莱蒙托夫，我们都知道，可为什么你要有这样的情结呢？”

听到这话的几秒钟之内，莱蒙托夫目瞪口呆，然后他艰难地控制住自己，对歌德说：“约翰，不该这么说我。这是你能对我说的最恶毒的话。这对你是个耻辱。”

惯于息事宁人的歌德本不想再奚落莱蒙托夫，可这时，他的传记作者伏尔泰笑着插话了：“莱蒙托夫，你心中充满情结，这是明摆着的。”随后，他分析起他全部的诗作，说他既不具备歌德自然天成的优美，也不具备彼特拉克激情澎湃的灵气。他甚至去剖析他的每一个隐喻，用来生动地说明自卑情结乃是莱蒙托夫想象力的直接来源，它植根于诗人的童年，饥寒交迫的、深受专制父亲压迫影响的童年。

这个时候，歌德向彼特拉克倾过身来，对他悄声低语，可话音却充斥整个房间，大家都听到了，包括莱蒙托夫：“算了，这些全是废话。莱蒙托夫的问题是：他不性交！”

大学生站在莱蒙托夫一边

大学生一言不发，他倒着酒（一个举止不引人注目的侍者静静地拿走空瓶子，带回装满酒的瓶子），认真地听着迸发火花的对话。他没有时间转过头来去追寻那令人晕眩的飞舞旋转的词锋。

他在想哪个诗人让他觉得更可亲可近呢。他爱戴歌德，就像克里斯蒂娜爱戴歌德，也就像整个国家都爱戴着他一样。彼特拉克炽热的目光让他着迷。可是，奇怪的是，激起他最强烈好感的，是受到伤害的莱蒙托夫，尤其是自打歌德发表了最后一句议论之后。歌德的话让他想到，一个大诗人（莱蒙托夫确实是个大诗人）也可以面临着他这样一个大学生所面临的困难。他看了一下自己的表，意识到他要是再不抓紧回去，就会一点儿也不差地落到莱蒙托夫被歌德所数落的那个境地了。

可是，他不能置大诗人于不顾，因此，他站起身来，不是去会克里斯蒂娜，而是去了洗手间。他在那儿，面对着白色的瓷砖，脑中充满了崇高的思想。随后，他听到身旁响起莱蒙托夫的声音："你听见他们说的了吗？他们不敏感。你明白吗，他们不敏感。"

莱蒙托夫说出敏感这个词，就像上面印着加重符一样。是的，有些词确实与众不同，那些词具备着一种特殊价值，只为一些熟悉内情的人所了解。大学生不知道为什么莱蒙托夫说敏感这个词，就像这个词带着加重符一样。而我，属于熟悉内情的人，我知道从前莱蒙托夫读过帕斯卡尔关于敏感性精神和几何学精神的思想，他把人类分成两种：一种是敏感的，另一种是不敏感的。

“你也许觉得他们敏感，是吧？”看到大学生不说话，莱蒙托夫带着咄咄逼人的语调说道。

大学生在扣着前裤上的纽扣，发现莱蒙托夫完全就像一百五十年前罗勃钦斯基伯爵夫人在日记中所描写的那样，长着一双短腿。他对莱蒙托夫心生感激，因为这是第一个向他提出一个严肃问题并等待他做出同样严肃回答的大诗人。

“依我看，”他说，“他们一点儿也不敏感。”

莱蒙托夫立着短腿站住了：“对，一点儿也不敏感。”然后，他提高声音，补充说：“而我，我骄傲！你明白吗，我骄傲！”

骄傲这个词在他嘴里也是用加重符写着的，说出来以后，只有傻瓜才会去想莱蒙托夫的骄傲就像一个女孩子为她的美丽骄傲、一个商人为他的财富骄傲，因为他的骄傲是一种特别的骄傲，是有理有据的、高尚的骄傲。

“我骄傲，我，”莱蒙托夫一路叫喊着，一路和大学生走回了客厅，那里伏尔泰正在礼赞着歌德。莱蒙托夫大发雷霆。他傲然地站到桌子前，这就让他比所有在座的人高出一头。他说：“现在，我要向你们表明我是多么骄傲！现在我要给你们说一个事情，因为我骄傲！我要对你们说的是，在这个国家只有两个诗人：歌德和我。”

这次，是伏尔泰提高了声音：“你可能是一个大诗人，但是作为人，你只有这么高！我可以这么说你，说你是个大诗人，但是你，你没有权利这么说。”

莱蒙托夫愣了一会儿。他结结巴巴地说：“为什么我，我没有权利说？我骄傲，我！”

莱蒙托夫又重复说了几遍他骄傲，伏尔泰放声大笑起来，其他人也跟着他放声大笑起来。

大学生明白他所等待的时刻到来了。他像莱蒙托夫一样站起来，环顾了一下在座的诗人们，说道：“你们一点儿也不理解莱蒙托夫。诗人的骄傲不是一般的骄傲。只有诗人本人才了解他所写的东西的价值，其他人理解的要比他来得晚得多，或者永远也不会理解。因而，诗人有义务骄傲。如果他不骄傲，他就背叛了他的作品。”

刚刚，这些人还笑成一团，突然之间，他们都赞同起大学生来，因为他们也同莱蒙托夫一样骄傲，只是他们羞于说出口，因为他们所不知道的是：骄傲这个词，只要被恰如其分地说出来，就不再可笑，反而是一个具有灵性的高贵的词。因此，他们都非常感谢大学生刚刚给他们提供了一个这么好的建议，他们中间甚至还有一个人——大概是魏尔伦——为他鼓起掌来。

克里斯蒂娜被歌德变成女王

大学生坐下来，歌德带着和蔼的微笑向他转过身来："小伙子，你知道什么是诗。"

其他人投入到醉酒者的辩论之中，这样一来大学生就面对面地与歌德单独在一起。他想利用这一宝贵的机会，但是突然不知道要说什么。由于他全神贯注地找合适的话说——歌德只是静静地对他微笑着——他反倒一句话也找不出来，于是也微笑以对。但是，克里斯蒂娜的形象飞过来帮助他了。

"这段时间，我和一个姑娘、不如说一个女人来往，她嫁的是一个肉店老板。"

这让歌德很喜欢听，他以友善的微笑作为回答。

"她崇拜您。她给我一本您的诗集，让您给她题词。"

"拿来，"歌德说着，从大学生手中接过那本书。他打开书的扉页，继续说："给我讲讲她。她什么样？她漂亮吗？"

面对着歌德，大学生不可能撒谎。他承认肉店老板娘不是个美人。今天，更糟的是，她打扮得很可笑。她一整天都在布拉格逛街，脖子上挂着大珍珠项链，脚上穿着早就过时了的那种黑皮鞋。

歌德带着真诚的关心听着大学生在讲，并且几乎带着恋旧的语气说道："妙极了。"

大学生受到鼓舞，甚至坦白说肉店老板娘有颗金牙，像个金色的苍蝇一样在她嘴里发光。

歌德受到了感动，笑着纠正他说："像个戒指。"

"像座灯塔！"大学生回答。

"像颗星星！"歌德微笑着说。

大学生解释说，肉店老板娘实际上是个十分平常的外省女人，正因为这一点她才如此让他着迷。

"我非常理解你，"歌德说，"正是这些细节，选择不当的衣着打扮、牙齿的轻微缺陷、才情的平庸寻常，才使得一个女人成为真正的、有生命的女人。广告和时装杂志里的女人，今天所有的女人都试图去模仿的女人，她们缺乏魅力，因为她们是不真实的，因为她们只是一些抽象的指令的总和。她们出自精密合成的机器，而不是出自人的身体！我的朋友，我向你保证，你的外省女人正是诗人所需要的女人，恭喜你！"

然后，他向诗集的扉页低下头去，拿起钢笔，写了起来。他写满了整页纸，热情洋溢，宛如神灵附身，脸上散发出爱和理解的光芒。

大学生拿回书，自豪得脸红了。歌德为一个陌生女人所写的东西既美丽又忧郁，既有对过去的留恋又有及时行乐的情怀，既理智又活泼。大学生确信，还从来没有哪个女人收到过如此美丽动人的题词。他想到了克里斯蒂娜，心中生出无边的欲念。在她那可笑的穿戴上，诗给披上了一件用最为美妙的语言织成的华袍。诗把她变成了女王。

抬着诗人

侍者来到了客厅，这次却没有带来新瓶子。他请诗人们考虑该回去了。过一会儿大楼的门就关了。女门房威胁说要给大门上锁，让所有人在这里一直待到天亮。

他大概又重复了几遍这一通告，一会儿声音洪亮，一会轻声轻语；一会儿面对大家，一会儿又挨个叮嘱，直到诗人们明白女门房并不是在开玩笑。彼特拉克忽然想起他那穿着红色浴衣的妻子，立刻站起身来，仿佛后腰刚被人踢了一脚似的。

这时候，歌德声调无比伤感地说："朋友们，让我留在这儿吧。我要留在这里。"他的拐杖在他身边，靠着桌子，诗人们努力说服他和他们一起离开，他只是摇头作答。

大家都认识他的太太，一个刻毒、严厉的妇人。大家都怕她。他们知道，如果不按时回家，她太太会对他们所有人大发脾气。他们恳求着他："约翰，理智点儿，你该回家了！"他们腼腆地把手伸到他腋下，想把他从椅子上扶起来。可是，这位奥林匹斯山至尊的王者身体过重，而诗人们的手臂又战战兢兢。他比他们要年长至少三十岁，对他们来说，他就是真正的文坛泰斗。忽然，就在他们要把他扶起来并递给他拐杖的时候，他们感觉到了自己的窘迫和渺小。而他却不停地重复说，他要留在这里！

没有人同意这样做，只有莱蒙托夫抓住机会显示他比别人更机灵："朋友们，让他留在这儿吧，我要陪着他，一直到天亮。你们还不理解吗？年轻的时候，他好几个星期都不回家。他要找回青春！你们不理解这一点吗，一群傻瓜？约翰，是不是我们要躺在这里的地毯上，伴着这瓶红酒一直到天亮？让他们走好了！彼特拉克可以赶紧跑回去找他穿着红色浴衣、披散着金发的妻子！"

但是，伏尔泰知道让歌德走不动的，不是对青春的怀恋，是因为他身体不好，而医生禁止他喝酒。他一喝酒，腿就站不起来。伏尔泰拿起拐杖，命令其他人说不要假装不好意思。微醉的诗人们用无力的手臂伸到歌德腋下，把他从椅子上扶起。他们把他从客厅抬到门厅，不如说把他拖到门厅（他一会儿双脚触地，一会儿又像和父母玩荡秋千游戏的孩子一样，双脚翘起）。可是歌德身体很重，诗人们又都醉醺醺的：到了门厅的时候，他们松开了他，歌德悲叹着叫喊起来："朋友们，让我死在这里吧！"

伏尔泰生气了，他向诗人们叫喊着要他们立即把歌德从地上扶起来。诗人们感到羞愧。他们抓住歌德，有人拽胳膊，有人抬腿，把他扶起来。一走出俱乐部的大门，他们就抬着他向楼梯口走去。大家都抬着他。伏尔泰抬着他，彼特拉克抬着他，魏尔伦抬着他，薄伽丘抬着他，甚至步履蹒跚的叶赛宁也拉着歌德的腿，怕自己摔倒。

大学生，他也想去抬大诗人，因为他明白这样的机会一辈子也不会碰到第二次。但是，没用，莱蒙托夫太喜欢他了。他挽着大学生的胳膊，不停地找些话和他说。

“他们不只是不敏感，而且还笨手笨脚。都是些被宠坏的孩子。看看，他们是怎么抬他呢！这样会把他摔下来的！他们从来没有用自己的手劳动过。你知道吗，我在工厂里干过？”

（不要忘记，那个时候这个国家的所有英雄都在工厂工作过，或者是出于革命热情自愿去的，或者是受到变相惩罚不得不去。不论是出于哪种情况，他们都同样地自豪，因为据说，在工厂的时候，“生活的艰辛”这个高贵的女神亲吻了他们的额头。）

手忙脚乱的诗人们，抬着他们的泰斗来到了楼梯上。楼梯间是方形的，有好几处是直角转弯，这对他们的灵巧和力量是个严峻的考验。

莱蒙托夫继续说：“我的朋友，你知道抬枕木是怎么回事吗？你，你从来没抬过。你是大学生。这些家伙们他们也从来没抬过。看他们抬他的样子多蠢！他们会把他摔下来的！”他向诗人们转过身去，冲他们喊道：“抬好了，傻瓜们，你们会把他摔下来的！你们从来没用手做过什么事情！”他抓紧大学生的胳膊，慢慢走下楼梯，他前面是摇摇晃晃的诗人们，他们惶恐不安地抬着越来越重的歌德。终于，他们带着沉重的负担来到了楼下的人行道上，他们让他靠在一个路灯柱上。彼特拉克和薄伽丘扶着他，以免他跌倒。伏尔泰来到马路上，招手叫汽车，但一辆也没有停下来。

莱蒙托夫对大学生说：“你意识到你看到了什么吗？你是大学生，对生活一无所知。你看到的，是一幕壮丽的景象。人们把诗人抬起来。你知道就此会做出怎样的诗来吗？”

可是，歌德倒在了人行道上，彼特拉克和薄伽丘又努力要把他再扶起来。

“你看，”莱蒙托夫对大学生说，“他们都不能把他再扶起来。他们手无缚鸡之力。他们对生活是什么没有任何概念。抬着诗人。多美妙的题目！你知道。目前，我正写着两个诗集。两个完全不同的诗集。一个是绝对古典的形式，有着准确的韵律和节奏。另一个是自由诗。题目将是《汇报》。这个集子的最后一首的题目就是‘抬着诗人’。这首诗会很严酷，但是实在。一首实在的诗。”

这是莱蒙托夫说出来的第三个带加重符的词。这个词表达的，是与所有装点门面和智力游戏完全相反的东西。他表达的是与彼特拉克的梦幻和薄伽丘的闹剧完全相反的东西。它表达的是工人劳动的悲怆动人以及对上面提到的“生活的艰辛”这个女神的狂热信念。

在夜风中陶醉的魏尔伦，兴致勃勃地来到人行道中间，他看着星星，唱了起来。叶赛宁背靠着大楼的墙，坐在那儿睡着了。伏尔泰继续在马路中央比比划划，终于截住了一辆出租车。然后，在薄伽丘的帮助下，把歌德放到了后排车座上。他喊着彼特拉克，让他坐到司机的旁边，因为彼特拉克是惟一一个可以马马虎虎哄一下歌德夫人的人。但是，彼特拉克激烈地表示不同意。

“为什么是我！为什么是我！我害怕，我！”

“你看见了吧，”莱蒙托夫对大学生说，“在有朋友需要帮助的时候，他就逃了。没有一个人能和歌德老太婆说得通。”然后，他探身到车窗里，后排座上狼狈地坐着歌德、薄伽丘和伏尔泰，他说：“朋友们，我和你们一起走，老太婆我来负责。”之后，他坐到了司机旁边的空座上。

彼特拉克谴责薄伽丘的笑

载着诗人的出租车消失了，大学生想起来应该赶紧回到克里斯蒂娜夫人那里。

“我该回去了，”他对彼特拉克说。

彼特拉克同意了，他抓住大学生的胳膊，带着他朝前走，而那是与大学生住的地方相反的方向。

“你知道，”他说，“你是个有感受力的小伙子。你是惟一能够倾听别人说什么的人。”

大学生接上话头：“那个姑娘像手持长矛的圣女贞德一样站在屋子中央，这一段我可以全部给您复述下来，一个字都不差。”

“另外，这些醉鬼甚至都没听我讲完！他们除了对自己还对什么感兴趣呢？”

“还有，您说您妻子担心那姑娘要杀了您，这时您走近她，她的目光里充满了祥和安宁。简直是一个小小的奇迹。”

“啊，我的朋友，你才是诗人！你，而不是他们！”

彼特拉克挽着大学生的胳膊，带着他朝自己所住的远郊方向走去。

“那故事最后怎么结束的?”大学生问。

“我妻子很同情她，让她留在家里过夜。可是，你想想看。我的岳母睡在厨房后面的一个储藏间一样的地方，她起得很早。当她看见所有的玻璃都砸碎了，就马上去找装配门窗玻璃的人来家里，碰巧那些人那天在隔壁一家做工，我们起床的时候所有的窗户都重新装好了。前一天发生的事情一点痕迹都没有留下。我感觉像做梦一样。”

“那年轻姑娘呢?”大学生问。

“她也是，她大清早就悄无声息地出门走了。”

这时候，彼特拉克在街道中央停了下来，带着几近严厉的神情看着大学生：“你知道，我的朋友，你要把我的故事理解成薄伽丘那样的总是结束在床上的轶闻，那我会非常难过。你应该知道这一点：薄伽丘是个蠢蛋。薄伽丘永远也不会理解任何人，因为理解就是结为一体，彼此不分。这就是诗的秘密。我们与所爱的女人融为一体，我们与我们所相信的思想融为一体，我们在令我们感动的景色中燃烧。”

大学生虔诚地听着彼特拉克所说的话，他眼前出现了克里斯蒂娜的形象，几个小时以前他还对她的魅力有所怀疑。现在他为这些怀疑感到羞愧，因为这些怀疑属于他的生命中不够好的那一半（薄伽丘式的一半），它们不是源自他的力量，而是源自他的软弱：它们证明着他不敢全身心地投入到爱情之中，证明着他害怕与心爱的女人融为一体。

“爱就是诗，诗就是爱，”彼特拉克说。大学生答应自己要以炽热的、壮丽的爱情去爱克里斯蒂娜夫人。在此之前，歌德刚刚为克里斯蒂娜披上了女王的华袍，现在是彼特拉克又点燃了大学生心中之火。等待他的一夜得到了两个诗人的祝福。

“不过，”彼特拉克说，“笑，却是一个爆炸物，它把我们从这个世界抛出去，把我们抛到凄凉的孤独之中。玩笑是人与世界的一道屏障。玩笑是爱和诗的敌人。正因为如此，我才再一次跟你说，并希望你记住：薄伽丘不懂得爱。爱不能是可笑的。爱与笑毫无共同之处。”

“对，”大学生兴奋地表示同意。世界在他眼里被分成了两半，一半是爱，另一半是玩笑。他知道，以他的状况，他属于并永远属于彼特拉克的阵营。

天使在大学生的床上飞翔

她没有在房间里焦躁不安地踱来踱去，她没有生气，她没有赌气，她没有在敞开的窗前黯然神伤。他走后，她换上睡衣睡了，蜷缩在被子里。他用印在唇上的一吻将她唤醒，在她还没来得及抱怨之前，用做作的滔滔不绝给她讲起了自己度过的不可思议的这个夜晚，说他看到了彼特拉克和薄伽丘之间戏剧性的冲突，而莱蒙托夫羞辱了所有其他诗人。她对他的解释不感兴趣，带着不信任打断了他的话：

"我打赌你忘了那本书。"

当大学生递给她歌德给她写了长篇题词的诗集时，她不敢相信自己的眼睛。她一连读了好几遍这些难以置信的词句，它们看上去就像是她和大学生之间同样难以置信的这一场爱的冒险的全部写照，他们在陌生的林间小路上幽会散步的整整一个暑期历历在目，而常人看不出的她内心深处的柔情蜜意也在歌德的题词里流溢出来。

这时候，大学生脱下衣服，躺下了。她紧紧地把他抱在怀里。这一拥抱是他从来没有体验过的。这是真诚的、有力的、热烈的、母性般的、亲如手足的、友好的、充满激情的一抱。晚会期间，莱蒙托夫几次用到实在这个词，大学生心想，克里斯蒂娜的拥抱正配得上这个包含了一堆形容词的概括性称谓。

大学生感觉到他的身体正处在为爱所备的极佳状态。面对这一如此确实、如此坚实和持久的状态，他拒绝所有的急不可耐，一味尽情享用着这长久的、甜蜜的静静拥抱。

她把性感的舌头伸到他的嘴里，过不一会儿，她又以最情同手足的方式吻遍了他面部的每一个角落。他用自己的舌尖触到了在她口中左上方的金牙，他想起了歌德所说的话：克里斯蒂娜不是出自精密合成的机器，而是出自人的身体！她才是一个诗人所需要的女人！他想高兴地叫喊。这时脑海里又响起彼特拉克所说的话：爱就是诗，诗就是爱，理解就是与他人融为一体并在对方的身上燃烧。（是的，三个诗人在这里都和他在一起，他们就像天使一样飞翔在他的床上，欢笑，歌唱，为他祝福！）大学生燃起了一股无边的热情，并决定应该适时地将体现着莱蒙托夫式实在的固定不变的拥抱，转变成一部真实的爱的作品。他翻转身体，到了克里斯蒂娜的身上，力图用他的膝盖把她的双腿打开。

怎么？克里斯蒂娜抵抗！她夹紧双腿，一如这个暑期中他们在林中散步时那般固执！

他本来可以问她为什么抵抗，但他不能够说话。克里斯蒂娜夫人是那样羞怯，那样温情，在她面前，男女之情失去了它们的名称。他只敢用气息和触摸的语言说话。他们还要滞重的词语干什么？他不是正在她身上燃烧吗？他们正在同一股火焰里燃烧！因此，在固执的无语中，他重新努力用自己的膝盖去打开克里斯蒂娜牢牢夹紧的双腿。

她也是，她也沉默着。她也是，她也怕说话，想用亲吻和爱抚来表达一切。然而，在他第二十五次尝试要打开她的双腿时，她说话了："不，我求你了，我会死的。"

"什么？"

"我会死的。真的，我会死的，"克里斯蒂娜夫人重复说道。然后，她再一次把舌头伸进他嘴中，深深地伸入，而同时双腿很紧地夹在一起。

大学生感受到一种带有幸福味道的绝望。他燃烧着一种要和她做爱的狂热欲望，而与此同时他又几乎喜悦得流泪。没有人像克里斯蒂娜这样爱过他。她爱他爱得要死，她爱他爱得要担心和他做爱，因为一旦和他做爱，她没有他就不能再活下去，她会死于悲伤和欲念。他感到幸福，疯狂的幸福，因为他突然之间，出乎意料地，无功受禄一般，就达到了他一直以来就渴望达到的无限之爱的境界，而与这一无限之爱相比，整个地球包括它的陆地和海洋，都毫无意义。

"我理解你！我和你一块儿死！"他喃喃地说着，同时又爱抚着她、亲吻着她，几乎为爱哭泣。可是，这巨大的感动也压抑不住变得越来越痛苦、几乎无可忍受的肉体欲望。他又做了一些努力，试图把膝盖像撬棒一样插进克里斯蒂娜的双腿之间，从而为他的生殖器打开一条路，可是这条路对他来说就像寻找圣杯之路一样神秘莫测。

“不，你，你不会有事儿。会死的是我！”克里斯蒂娜说。

他想象着一种无边的快感，一种令人为之去死的快感，他再次重复说：“我们一起死！我们一起死！”他继续在她两腿之间推进他的膝盖，但一直是无功而返。

他们不再有什么话说。他们贴在一起。克里斯蒂娜摇着头，他又向那双腿构建的城堡发动了几次冲锋，最后终于放弃了。他在她身边仰面躺下，屈服了。她抓住那为她而挺起的爱的幽灵，用她所有的辉煌的实在：真诚地，有力地，热烈地，情同手足地，母性般地，友好地，充满激情地，把它紧握在手中。

在大学生身上，被无限地爱着的人的幸福喜悦混杂着被拒绝的身体的绝望。而肉店老板娘则一直紧攥着他的爱情武器，不去想是否要通过几个简单的动作，去代替他所渴望的肉体行为，就好像她握在手里的是罕见之物、稀世之宝，是她不愿让它有一丝损害而只想就这样挺立而坚硬着长久地、长久地保存下去的宝物。

这一夜就说到这里吧，二人直到天亮也相安无事。

肮脏的日光

由于睡得晚，他们几乎到了中午才醒来，两个人都头昏脑涨。他们时间不多了，因为克里斯蒂娜夫人马上要去坐火车。他们沉默无语。克里斯蒂娜把她的睡衣和歌德的书装进旅行包，又蹬上了那双黑得可笑的薄底浅口皮鞋，脖子上戴上了她那条土气十足的项链。

就好像午前肮脏的日光打破了无语的铅封，就好像诗的夜晚过后便是散文的白昼一样，克里斯蒂娜夫人简简单单、直来直去地对大学生说："你知道，别怨我，真的我会死的。医生对我说过，生完第一个孩子后，我绝对不应该再怀孕。"

大学生用沮丧的表情看着她："就好像我会让你怀孕似的！你把我当什么人了？"

"所有的男人都这么说。他们总是非常相信自己。我了解在我的女友们身上发生的事情。你这样的年轻小伙子非常危险。出事后，就什么都晚了。"

他用绝望的声音对她解释说，他不是个乳臭未干的毛头小伙子，他不会让她怀上孕的。"你总不至于把我和你的女友们的男人相提并论吧！”

“我知道，”她确信无疑并且几乎带着歉意地说道。大学生不用再多说什么让她更加相信的话。她相信。他不是个农夫，并且他大概比世界上所有的车库工都更了解什么是男欢女爱。昨天夜里拒绝他也许是错了。但她不后悔。伴有短暂拥抱的爱情之夜（在克里斯蒂娜的意识里，肉体之爱只能是短暂和匆忙的）一直给她留下美好的但同时也是危险且凶险的印象。而她和大学生所经历的，要远远比这更美妙。

他送她到火车站。想到自己坐在车厢里回忆这一切，她已然欣喜莫名了。她带着简单女人尖锐的实际意识，不断在心里对自己说，她经历了谁也不能从她那儿抢走的事情：她和一个自己一直以为不真实、难以把握并且遥远的青年男子度过了一夜，而她在整整的一夜里一直握着他挺立的阳物。是的，整整一夜！这在她从来没有发生过！也许她再也见不到他了，不过她从来没有想过以后会一直见到他。她幸福地想到，她将保留着他某些持久的东西：歌德的诗集，以及令人难以置信的题词，这题词会在任何时间说服她相信，她的奇遇不是一个梦想。

而大学生这时却是沮丧之极。这一夜只差那么一句大白话、一句怎么想就怎么说的话！只消实实在在地说出想要她，就可以占有她！她害怕的是他让她怀上孩子，而他想当然地认为她是担心自己爱得不能自拔！看到自己简直是愚不可及，他想放声大笑，笑得令人心酸，笑得歇斯底里。

他从火车站回到他那无爱之夜的荒漠，他的力脱思特油然而生。

有关力脱思特理论的新看法

通过大学生生活中的两个例子，我解释了人在面对他自己的力脱思特时的两种基本反应。如果我们所面对的人比我们更弱，我们会找到一个借口伤害他，就像大学生伤害游得太快的女大学生一样。

如果我们所面对的人比我们更强，我们只能选择一种迂回的报复，莫须有地打人一个耳光，通过自杀来达到杀人的目的等等。孩子拉小提琴总出错，错得让老师发疯，老师把他扔到窗外。孩子掉落下去，而在他落地的过程中，他还高兴地想到，那恶毒的老师将以杀人罪受到指控。

这是两种传统的方法。如果说第一种方法在恋人和夫妻生活中很常见的话，被称作人类伟大历史的东西则为第二种方法提供了数不胜数的例证。所有被我们的先哲们以英雄主义命名的东西，都很有可能是我通过孩子与小提琴教师的例子所阐明的那种形式的力脱思特。波斯人征服了伯罗奔尼撒，斯巴达人一次又一次地犯着军事上的错误。正像孩子拒绝正确演奏一样，斯巴达人也被愤怒的泪水蒙蔽了双眼，他们也拒绝采取有理智的行动，他们既不能更好地战斗，也不能投降，也不能在退却中保全性命，他们出于力脱思特，一直被杀得无一人生还。

在这一背景下，我想到力脱思特这一概念产生于波希米亚一点儿也不是个偶然。捷克人的历史是不断反抗强权的历史，是连续不断的光荣失败，这些光荣的失败，推动了世界历史的进程并导致了发动这些侵犯的民族的衰落。这一历史，就是力脱思特的历史。一九六八年八月，当成千上万的俄国坦克占领了这个奇妙的小国的时候，我在一个城市的墙上看到写着这样一句铭言：*要胜利，不要妥协！*要知道，在那种时刻，只有几种不同形式的失败的选择，除此无它，可是这个城市拒绝妥协，想要胜利！这时候所表达的，正是力脱思特！被力脱思特所支配的人通过自身的毁灭来实施报复。孩子摔死在人行道上，但他不朽的灵魂却要永远欢笑，因为他的小提琴教师吊死在窗户的长插销上。

但是，大学生还怎么能让克里斯蒂娜受到伤害呢？在他还没来得及想到什么办法的时候，她已经上火车了。理论家们了解这样的一种情形，声称这时候所面临的情况乃是力脱思特受阻。

这是能出现的最坏的情况。大学生的力脱思特像个肿瘤一样每时每刻都在发展扩散，但他不知道拿它怎么办。因为他没有可以报复的对象，他向往着至少有某种安慰。为此，他想起了莱蒙托夫。他想起受到歌德伤害、受到伏尔泰羞辱的莱蒙托夫，尽管受到伤害和羞辱，他向所有人大发雷霆，向他们高喊着自己的骄傲，就好像在桌旁坐着的所有诗人都是小提琴教师，他想把他们惹恼，让他们把自己从窗子扔出去。

大学生想见到莱蒙托夫，就像想见到自己的兄弟一样。他把手伸到衣兜里，他的手指碰到了一页折着的大纸。这是从笔记本上撕下的一页，上面写着：等你。爱你。克里斯蒂娜。子夜。

他明白了。他穿的外衣昨晚挂在房间的一个衣架上。被迟到发现的纸条，只是向他证实了他所知道的东西。他因为自身的愚蠢而错过了克里斯蒂娜的身体。他胸中涌起满腔的力脱思特，找不到发泄的出口。

在绝望的深渊

午后晚些时候了。他心想，昨晚纵酒作乐的那些诗人们总该起床了吧。他们也许在文人俱乐部。他几步一跨地爬上了二层，穿过衣帽间，向右转到餐厅。他不是这里的常客，停在门槛上张望。彼特拉克与莱蒙托夫和两个他不认识的家伙坐在大厅尽头。就近有一张空桌子，他坐了下来。没有人注意到他。他甚至觉得彼特拉克和莱蒙托夫茫然地向这里看了一眼，没有认出他来。他向侍应生要了一杯白兰地，脑中痛苦地回响着克里斯蒂娜写的极其凄凉又极其优美的纸条上的文字：等你。爱你。克里斯蒂娜。子夜。

他这么待了有二十来分钟，小口啜着他的白兰地。看到彼特拉克和莱蒙托夫，不但他没有得到安慰，反而又带来了新的忧郁。他被所有人抛弃了，被克里斯蒂娜和诗人们抛弃了。他孑然一身，陪伴他的只有这一张大纸上写着：等你。爱你。克里斯蒂娜。子夜。他想站立起来，把这张纸举在头上，让所有人都看到，让所有人都知道：他，大学生，是被人爱着的，被人深深地爱着。

他叫侍应生结账。然后，他又点燃了一支烟。他不想在俱乐部待下去了，但一想到要回到他那没有女人等待的顶楼房间，他就产生了极大的反感。他终于把烟在烟灰缸里掐灭，这时，他注意到彼特拉克看见了他，从他坐着的地方跟他打手势。但是，太晚了，力脱思特把他从俱乐部驱赶到他忧郁的孤寂之中。他站起身来，在最后的时刻，他又一次从衣兜里拿出那张写着克里斯蒂娜爱的信息的纸条。这张纸不再给他带来任何快乐。但是，如果留在这里，放在桌子上，也许有人会注意到它，会知道大学生是被深深地爱着的。

他向门口走去，要离开这里。

突如其来的荣耀

“我的朋友！”大学生听到一个声音，转过身来。是彼特拉克在和他打招呼并走了过来：“你这就走吗？”他抱歉说没有马上认出他来。“我一喝酒，第二天就头昏脑涨。”

大学生解释说，他不想打扰彼特拉克，因为他不认识和他在一起的那几个先生。

“这是些傻瓜，”彼特拉克对大学生说道。然后，他和大学生一起坐回到大学生刚离开的桌子前。大学生神色不安地看着不小心放在桌子上的那张纸。如果这是一张不起眼的纸片就好了，可这张大纸看来却像是强烈地表达着那个把它忘在这里的人过于笨拙的明显意图。

用黑眼睛正在好奇地打量着他的脸的彼特拉克，马上注意到了这张纸，看了起来：“这是什么？啊！我的朋友，是你的！”

大学生笨手笨脚地想装出一个不小心遗落下私人信物的人的那种尴尬，想从彼特拉克手中夺回那张纸。

但彼特拉克已经高声读了起来：“等你。爱你。克里斯蒂娜。子夜。”

他盯着大学生的眼睛，问：“子夜？什么时候？不会是昨夜吧！”

大学生低下眼睛。“是的，”他说。他不再努力从彼特拉克手里拿回那张纸了。

正在这时，莱蒙托夫拖着一双短腿走近了他们的桌子。他向大学生伸出手来。“很高兴见到你。这些人，”他指着刚离开的那个桌子说，“是些可怕的傻瓜蛋。”他坐下来。

彼特拉克马上给莱蒙托夫读了克里斯蒂娜纸条上的字。他一连读了好几遍，声音洪亮且富有韵律，仿佛在读一首诗。

由此我想到，当我们既不能给一个游得太快的姑娘一个耳光，也不能被波斯人杀光的时候，当没有办法逃脱出力脱思特的时候，优雅的诗女神就会飞来救助我们。

这个多少有些阴错阳差的故事留下了什么呢？只有诗。写在歌德的书上的、被克里斯蒂娜带走的词语；还有写在带线格的纸上的、给大学生披挂上突如其来的荣耀的词语。

“我的朋友，”彼特拉克抓住大学生的手臂说，“承认你写诗吧，承认你是个诗人吧！”

大学生低下头来，承认彼特拉克说得没错。

莱蒙托夫孑然一身

大学生来文人俱乐部找的是莱蒙托夫，但从这一时刻起，他错过了莱蒙托夫，莱蒙托夫也错过了他。莱蒙托夫见不得幸福的情侣。他皱紧眉头，不屑地谈起了卿卿我我式的感情和华而不实的词藻。他说，一首诗应该像经工人打造出来的一个物件那样实在。他阴沉着脸，言辞让彼特拉克和大学生都甚感不快。我们知道他为什么这样。歌德也知道。因为他不性交，他有着可怕的不性交的力脱思特。

还有谁比大学生更能理解他呢？但是，这个不可救药的白痴只看到了莱蒙托夫阴沉的脸，只听到了那些刻毒的言辞，并且受到了它们的伤害。

我，从远在法国的地方，从我的塔楼高处，看着他们。彼特拉克和大学生站起身来。他们冷冷地与莱蒙托夫告别。留下莱蒙托夫孑然一身。

我亲爱的莱蒙托夫，你是在我那忧郁的波希米亚被称作力脱思特的那种痛苦的天才化身。

第六部

天使们

1

一九四八年二月，共产党领导人克莱门特·哥特瓦尔德站在布拉格一座巴罗克式宫殿的阳台上，向聚集在老城广场上的数十万公民发表演说。这是波希米亚历史的一个重大转折。正下着雪，天气很冷，哥特瓦尔德头上什么也没戴。克莱门蒂斯关怀备至地摘下自己的皮帽，把它戴在哥特瓦尔德的头上。

不论是哥特瓦尔德还是克莱门蒂斯，他们都不知道他们刚刚登上历史性阳台时走过的楼梯，曾是弗朗茨·卡夫卡在八年时间里每天的必经之路，因为在奥匈帝国时期，这座宫殿是一所德语中学的所在地。他们也不知道，在这同一座建筑的底层，弗朗茨·卡夫卡的父亲，赫尔曼·卡夫卡开了一家店铺，店铺的招牌上写着他的名字，名字旁边画着一只寒鸦，因为在捷克语中，“卡夫卡”的意思是寒鸦。

虽然哥特瓦尔德、克莱门蒂斯和所有其他人对卡夫卡一无所知，但卡夫卡却了解他们的无知。在他的小说中，布拉格是一个没有记忆的城市。这座城市甚至都忘记了自己叫什么名字。那里，没有人能忆起、回想起什么来，约瑟夫·K看起来对自己过去的生活也一无所知。也没有哪一首歌曲，能让我们想起他出生的时候，能把现在和过去联结在一起。

卡夫卡小说里的时间，是失去了历史连续性的人类时间，这里的人类不再有什么知识，不再有什么记忆，居住在没有名字的城市里，而城市的街道也是没有名字的或者有一个与昨天不一样的名字。因为名字是与过去相连的，而没有过去的人就是没有名字的人。

布拉格，正如马克斯·布洛德[①]所说，是恶之城。在一六二一年捷克的宗教改革失败后，耶稣会教士试图对捷克民族进行再教育，传输给他们真正的天主教信仰，因此，他们在布拉格盖满了富丽堂皇的巴罗克式教堂。从此，成千上万的石刻的圣徒从四面八方看着你，威胁着你，窥伺着你，迷惑着你。这是一支占领者的狂热的部队，他们在三百五十年前侵占了波希米亚，目的在于将这个民族的信仰和语言从她的灵魂里连根拔除。

塔米娜出生的那条街叫施维林街。这是第二次世界大战时的名字，当时布拉格被德国人占领。她的父亲出生在切尔诺克斯特勒茨大街，即黑教堂大街，当时由奥匈帝国统治。她母亲嫁到她父亲家时，那条街叫福熙元帅大街，那是第一次世界大战之后。

---

① Max Brod（1884—1968），奥地利作家，因与卡夫卡为友并在后者死后编辑出版其作品而闻名。

塔米娜是在斯大林大街度过的童年，可是她丈夫来娶亲的时候，那条街又改叫维诺赫拉德大街。可是，这里面所说的一直是同一条街，人们只是改变了它的名字，不停地改，人们给它洗脑，让它变得愚蠢。

在那些不知自己叫什么名字的街上，徘徊着被推翻的历史古迹的幽灵。被捷克的宗教改革推翻，被奥地利的反宗教改革推翻，被捷克斯洛伐克共和国推翻，甚至连斯大林的塑像也被推翻了。在被摧毁的所有这些古迹所在之地，成千座列宁的塑像在整个波希米亚破土而出，它们就像废墟上的草，就像遗忘的忧郁之花，在那里生长着。

2

如果说弗朗茨·卡夫卡预言了一个没有记忆的世界的话，那么这个没有记忆的世界的奠基者就是古斯塔夫·胡萨克。在T.G.马萨里克这个*解放者总统*（所有的历史古迹无一例外被摧毁）之后，后几任总统分别是贝奈斯、哥特瓦尔德、萨波托斯基、诺沃提尼和斯沃博达，胡萨克是我的国家的第七任总统，人们称他为*遗忘的总统*。

俄国人于一九六九年扶植他上台。自一六二一年以来，捷克民族史上还不曾有过这样的文化浩劫，不曾有过对知识分子这样的残害。人们普遍以为，胡萨克只是迫害其政治对手。但是，同政敌的斗争，恰好为俄国人提供了梦寐以求的机会，他们借这些傀儡领导人的手，从事了某些更具根本意义的活动。

我认为，从这个角度看，胡萨克从大学和专科学院驱赶出一百四十五名捷克历史学家这件事情，是极为意味深长的。（据说，每当一个历史学家离开的时候，就像在童话故事里一样，波希米亚的什么地方就生长出一尊列宁的塑像。）一九七一年，其中的一个历史学家，米兰·许布尔，戴着镜片非常之厚的近视镜，来到了我那位于巴尔托洛梅街的单间公寓。我们看着窗外耸立着的赫拉德钦塔楼，心情悲哀。

“为了消灭那些民族，”许布尔说，“人们首先夺走他们的记忆，毁灭他们的书籍，他们的文化，他们的历史。另外有人来给他们写另外的书，给他们另外的文化，为他们杜撰另外的历史。之后，这个民族就开始慢慢地忘记了他们现在是什么，过去是什么。他们周围的世界会更快地忘掉他们。”

“语言呢？”

“为什么不把它从我们这里夺走呢？它将只是一种迟早会自然死亡的民间用语。”

是否我们因为过度悲哀而有些夸大其辞了？

或者说，面对有组织的遗忘的荒漠，这个民族真的要无法活着穿越过去吗？

我们谁也不知道会发生什么，但有一点是肯定的。捷克民族，在她具备洞察力的那些时刻，可以看到死亡的形象就在眼前。那形象既不是个现实，也不是不可避免的未来，但它还是具有十分具体的可能性。她的死亡与她相伴相随。

3

六个月以后，许布尔被捕了，并被判以长期徒刑。这时候，我的父亲已经病入膏肓。

在他生命的最后十年，他渐渐丧失了使用言语的能力。起初，他只是记不起某些词，或者在应该说某些词的时候，他说出了其他的与之相似的词，马上他就笑起来。到后来，他就只能说出很少的一些词，并且，每次他想要明确说出他的想法的时候，往往回到同一句话上，那是他还会说的最后几句话中的一句："真奇怪。"

在他说"真奇怪"的时候，他的眼中流露出的是知晓一切却什么都说不出的深深的诧异。事物失却了它们的名称，混同到一个没有区别的惟一的存在之中。在和他说话时，我是惟一能够暂时让那个被遗忘的有名称的实体的世界从他那漫无边际的无语中显现出来的。

在他俊朗的脸上，深邃的蓝眼睛表达的是同以前一样的智慧。我经常带他出去散步。我们一成不变地绕着同一群建筑走，爸爸没有力气走得更远。他走得吃力，迈着很小的步子，一感觉到有点儿累，他的身体就向前倾斜，失去了平衡。我们要不时地停下来让他休息一下，前额抵着墙。

在这些散步中，我们谈论音乐。在爸爸能正常说话的时候，我很少问他什么问题。现在，我要弥补失去的时间。因此，我们谈论音乐，但这是一个奇怪的对话，因为其中的一个人一无所知却掌握着大量的词语，而另一个人无所不晓却一个词也说不出。

在他病中的这十年间，爸爸在写一本关于贝多芬的奏鸣曲的巨著。他写的时候比说的时候要好一些，可即便是在写作中，他也越来越难以找到他的词句，他写的文稿也就变得难以理解，因为它是由不存在的词组成的。

一天，他在他房间里叫我。他在钢琴上打开了奏鸣曲作品第一一一号的变奏曲。他指着乐谱（他不能再弹钢琴了）对我说："你看。"他又重复说"你看"，并且在做出长久的努力后终于说出："现在我明白了！"他一直试图向我解释什么重要的事情，但他说出来的话尽是些完全难以理解的词。之后，看着我没听懂他说的东西，他便惊讶地看着我，说："真奇怪。"

当然，我知道他要说什么，因为他很久以前就给自己提出过这个问题。变奏曲是贝多芬晚年最喜欢的形式。乍一看，人们会认为这是最肤浅的形式，是音乐技巧的简单罗列，是一项更适于花边女工而不是贝多芬的工作。但是，贝多芬（首次在音乐史上）使它成为了一种至高无上的形式，在其中他写下了最美丽的沉思。

是的，这是一件众所周知的事情。但是，爸爸想知道的，是应该怎么来理解这件事。为什么恰好是变奏曲呢？这后面蕴涵着什么意义呢？

正是为这事儿，他才从他的房间里叫我过去，指着乐谱对我说："现在我明白了！"

4

面对着所有弃他而去的词语，我父亲沉默着；被禁止回忆以后，一百四十五名历史学家沉默着。在波希米亚回荡不已的这数不胜数的沉默，构成了我刻画塔米娜这个人物的远景。

她继续在欧洲西部的一座小城的咖啡店里给人端送咖啡。但是她失却了从前让顾客着迷的那种平易近人的光彩。把耳朵奉献给他人的意愿，离她而去了。

有一天，皮皮又来到咖啡店坐在柜台前的高脚圆凳上，她的女儿在地上边哭边爬。塔米娜等了一会儿，看着母亲对孩子不闻不问，她失去了耐心，对她说："你能不能让你的孩子别叫了？"

皮皮生气地反驳道："你为什么讨厌孩子，嗯？"

我们不能说塔米娜讨厌孩子。但是，皮皮的声音里透露出一种完全出乎意料的敌意，这是瞒不过塔米娜的。她也不知道是怎么回事，她们从此就不再是朋友了。

有一天，塔米娜没来上班。这在她还从来没有发生过。老板娘到她家去看看发生了什么。她按门铃，没人来开门。第二天她又来，还是按门铃没有应声。她叫了警察。门撞开了，但人们发现房里收拾得很整齐，什么也不缺，也没有疑点。

随后的日子，塔米娜也没有回来。警方继续受理此案，但没什么新线索。塔米娜的失踪，被归入未结的案子里。

5

事发的那一天，一个穿牛仔裤的男青年坐到了柜台前。这个时间，塔米娜一个人在咖啡店里。年轻人叫了一份可乐，慢慢地饮啜。他看着塔米娜，塔米娜看着虚空。

过了一会儿，他说：“塔米娜。”

如果他以为这会引起塔米娜注意的话，那他失算了。查到她的名字，不是什么难事，在这一带，光顾这家咖啡店的所有客人都知道她叫什么。

“我知道你忧郁，”年轻人接着说。

塔米娜也没有把这句话放在心上。她知道征服女人有很多办法，通向女人肉体的最安全的途径就是从她的忧郁入手。不过，她这时看这个年轻人比刚才那会儿还是多了点儿兴致。

他们说起话来。令塔米娜惊讶的，是他的问题。不是这些问题的内容，而是向她提问题这一简单事实。天啊！好久没有人问过她什么了！她觉得有好久好久了！只有她丈夫过去不停地问她问题，因为爱情就是不断的追问。不错，我找不到更好的关于爱情的定义。

（我的朋友许布尔让我注意到，如果这样看待爱情的话，没有人比警察更爱我们。确实如此。正如所有的高都与低相反相称一样，与爱的兴趣相对应的，就是警察的好奇。有时，人们可以高低不分，混为一谈，比如我完全可以这样想象：有些感到孤独的人希望自己时不时被带到警察局去，这样会有人向他提一些问题，他可以有机会谈谈自己。）

6

年轻人看着她的眼睛，听她说话，然后对她说，她所谓的回忆，实际上是另外一回事：她是中了魔法，眼见自己在遗忘。

塔米娜点头同意他的说法。

年轻人接着说：她抛向身后的那忧郁的目光，不再表达着对死者的忠诚。死者从她的视野里消失了，她看到的只是虚无。

虚无？可是，又是什么东西使她的目光如此沉重呢？

不是因回忆而沉重，年轻人解释说，而是因愧疚而沉重。塔米娜永远也不会原谅自己在遗忘。

"那我怎么办呢？"塔米娜问。

"忘记你的遗忘，"年轻人说。

塔米娜苦笑着说："给我解释一下我该怎么做？"

"你从没想过离去吗？"

"想过，"塔米娜说，"我非常渴望离去，可是去哪儿呢？"

"到一个凡事凡物像微风一样轻飘的地方。到一个凡事凡物都没有重量的地方。到一个没有愧疚感的地方。"

"是的，"塔米娜如梦似幻般地说道，"到一个凡事凡物都没有重量的地方。”

就像在童话里，就像在梦中一样（可不是，这就是童话！可不是，这就是梦！），塔米娜离开她站了好几个年头的柜台，和年轻人走出咖啡店。一辆红色的跑车在人行道旁停着。年轻人坐上驾驶座，请塔米娜坐在他身旁。

7

我理解塔米娜的愧疚心理。爸爸去世的时候，我也是这样的。我无法原谅自己只向他问过很少的问题，对他了解得那么少，竟然让自己失去了他。正是这种愧疚心理，使我忽然之间明白了他在打开的奏鸣曲作品第一一一号乐谱面前想对我说的是什么。

我试着用一个比喻来解释一下。交响乐是音乐的史诗。可以说它像在广袤无际的外部世界穿越的一场旅行，从一处到另一处，越来越远。变奏曲也是一次旅行。但这一旅行并不是穿越在广袤无际的外部世界中。您一定知道帕斯卡尔在《思想录》中这样说过：人处在无限大的深渊和无限小的深渊之间。变奏曲的旅行把我们引入另一个无限之中，引入到隐藏在每一件事物里的内在世界的无限多样性之中。

在变奏曲中，贝多芬发现了另一个有待开发的空间。他的变奏曲是一次新的邀游。

变奏曲的形式是需要最大限度地全神贯注的形式；它让作曲家只谈及最根本的东西，做到一语中的。变奏曲的材料是通常不超过十六个小节的主题。贝多芬深入到这十六个小节之中，就像他深入到地下的水井里一样。

在另一个无限中的旅行，并不比史诗的旅行更少历险的色彩。物理学家就是这样深入到神奇的原子内核中去的。贝多芬的每一个变奏都越来越与原始主题远离，原始主题与最后一个变奏的相像之处不比花朵与显微镜下花朵的影像的相像之处更多。

人知道自己不能够将宇宙及日月星辰揽入怀中，而更令他难以接受的是错过另一个无限，近在身边的、伸手可及的无限。塔米娜错过了她无限的爱情，我错过了父亲，而每个人都错过些什么，因为要寻求完美，人们便深入到事物的内在世界之中，而这个内在世界是永远无法让人穷尽的。

无法把握外部世界的无限，我们认为这是自然而然的事情。但是，要是错过了另一个无限，我们至死也自责不已。我们想得到星辰的无限，但是父亲身上所具有的无限，我们却全然不顾。

盛年的贝多芬把变奏曲视为自己最喜爱的形式，这没有什么奇怪的，因为他非常清楚（像塔米娜和我一样清楚）的是，错过我们最爱的生命是最不能容忍的事情。贝多芬的最爱就是这十六个小节及其具有无限可能性的内在世界。

8

整个这本书就是变奏形式的一部小说。相互接续的各个部分就像是一次旅行的各个阶段，这旅行贯穿着一个内在主题，一个内在思想，一种独一无二的内在情境，其中的真义已迷失在广袤无际之中，不复为我所辨。

这是关于塔米娜的一部小说，而当塔米娜不在幕前的时候，这就是为塔米娜而写的一部小说。她是主要人物也是主要听众，所有其他的故事都是她自己这一故事的变奏，它们聚合到她的生命之中，宛如出现在一面镜子里一样。

这是一部关于笑和忘的小说，关于遗忘和布拉格，关于布拉格和天使们。此外，坐在驾驶座的年轻人，他的名字叫拉斐尔，这也不完全是个偶然。

车外的景色渐趋荒芜，绿茵越来越少，赭石越来越多，草木越来越少，沙土越来越多。然后，汽车离开公路，驶向了一条狭窄的小道，在小道的尽头，突然出现一个陡峭的斜坡。年轻人停下车。他们往下走。他们走到了斜坡的底下。再往下十米左右的地方，有一条细长的黏土质河岸，再往下，是一片淡褐色的浑水，看不到边际。

“我们这是在哪儿?”塔米娜哽噎着喉咙问道。她想对拉斐尔说她要回去，但是她不敢说：她担心他会拒绝，而她知道，如果他拒绝会更让她焦虑不安。

他们到了斜坡的边缘，面前是水，周围只有黏土，泥泞的不长草的黏土，好像有人在这里采过土一样。果然，不远的地方，立着一条被遗弃的挖泥船。

这一景色让塔米娜想起波希米亚的一个角落，那是她丈夫得到最后一个工作的地方。那时候，被剥夺工作以后，他在离布拉格一百公里的地方找到了一个开推土机的活计。平常工作期间，他住在那边一辆旅行挂车上，星期天的时候来布拉格看塔米娜。有一天，她去那里找他，他俩在和今天的景色差不多的一片景色中散步。在这片寸草不生的潮湿的黏土地上，脚下是赭石和黄泥，头顶是密布的阴云。他们并肩走着，脚上的胶皮靴时不时就打滑陷到泥里。只有他们两个人在这片世界上，心中充满了焦虑和爱意，绝望地彼此担忧不已。

刚刚攫住她的是同样的绝望，不过她还是为突然出其不意地找回过去的一段丢失的回忆而心生喜悦。这是一段完全丢失的回忆，这么长时间来头一次想起来。应该记到笔记本里！她甚至知道具体发生在哪一年！

于是，她想对年轻人说她要回去了。不，当他说她的忧郁只是没有内容的一种形式的时候，他说得不对！不，不，她丈夫一直活在这一忧郁之中，他只是丢失了，她应该去把他找回来！找遍全世界！是的，是的，她终于知道了！想有所回忆的人，不应该总待在同一个地方，等着回忆自动找上门来！回忆散落在大千世界之中，要找回它们并让它们从隐藏处现身，应该出去旅行！

她想对年轻人说这些，让他开车送她回去。而就在这个时候，从下面，从水面一侧，传来了一声哨响。

9

拉斐尔抓住了塔米娜的胳膊。他抓得很用力，没办法挣脱开。他带着塔米娜，顺着一条又窄又滑的弯曲小路下了坡。

一个十二岁左右的男孩在岸边等他们，而刚才这里却连个人影都没有。他手牵着一根船缆，向塔米娜微笑，那小船在水边轻轻摇晃着。

她转过身来看着拉斐尔。他也在微笑。她轮番看着这两个人，而后拉斐尔放声大笑，那男孩也跟着笑了起来。这笑来得突兀，因为没有发生什么好笑的事情，但这笑也同时有感染性，令人愉快：它让她忘却焦虑不安，向她允诺着某些模糊的东西，也许是快乐，也许是安宁，这样一来，想摆脱恐慌的塔米娜，也顺从地跟他们笑了起来。

"你看，"拉斐尔说，"你一点儿也不用害怕。"

塔米娜登上小船，小船因增加了她的重量而颠簸起来。她坐到后面的座位上。座位是湿的。她穿着夏季的薄裙，感觉到臀部沾湿了。皮肤与潮湿的接触，又唤起了她的恐慌。

那男孩推了一下，让船离开岸，他拿过桨来，塔米娜回过头来：拉斐尔在岸上看着他们。他微笑着，塔米娜从这一微笑中看出某些奇怪的东西。是的，他一边微笑一边不易觉察地摇着头！他一边微笑一边摇头，那是一个完全不易觉察的动作。

10

为什么塔米娜不问一下自己去哪里呢?

不把目的地放在心上的人，不问要去哪里。

她看着坐在她对面划桨的男孩。她觉得他身形瘦弱，桨在他手里很重。

“不想让我替你吗?”她问。男孩心甘情愿地表示同意，放开了桨。

他们换了位置。他坐到了后面，看着塔米娜划桨，从他的座位底下拿出一架小收录机。随后，传出摇滚乐，电吉他，歌词，那男孩开始跟着节拍扭动身体。塔米娜厌恶地看着他：这孩子带着成人的那种挑逗动作扭腰摆胯，她觉得这很下流。

她低下头，不去看他。这时候，那男孩把音量放到最大，低声唱了起来。过一会，当塔米娜又抬眼看他的时候，他问她：“你为什么不唱?”

“我不知道这首歌。”

“什么，你不知道这首歌? 所有人都知道这首歌。”

他又在座位上扭动起来，塔米娜觉得累了：“你不能来替我一下吗?”

“划!”男孩笑着回答她。

可塔米娜确实累了。她把桨收到船里歇息起来:“快到了吧?”

男孩指了一下他前面。塔米娜转过身来。河岸不太远了。她看了一眼岸边的景色，这边与他们刚离开的另一个岸边不同，这里绿荫缭绕，草木茂盛。

过一会儿，船到了岸。十几个孩子在岸边玩球，好奇地看着他们。塔米娜和那男孩走下船来。男孩把船拴在一个木桩上。从沙岸延伸出一条长长的长满梧桐树的林荫道。他们走上了这条林荫道，不到十分钟，他们便来到一个巨大的低矮建筑前面。面前，有一些彩色的大物件，她不明白是做什么用的，还有好几个排球网。有种奇怪的东西冲击着塔米娜。是的，排球网拉得很低。

男孩把两个指头放到嘴里，吹起一声口哨。

11

一个不到九岁的小女孩走过来。她的小脸蛋很迷人，她的小肚子娇媚地鼓起，就像哥特式绘画里的圣母一样。她漫不经心地看了眼塔米娜，那眼神分明是这样一种成年女子的眼神：她意识到自己的美丽，又要用一种对事不关己之物的公然漠视来强调她的美。

小女孩打开了墙身为白色的这座建筑的大门。她们直接走进了一个铺满床的大厅（既没有走廊，也没有门厅）。她扫视一遍整个大厅，就好像在数着有多少张床一样，然后她指着一张床说："你睡这儿。"

塔米娜抗议着："什么！我睡在一个集体宿舍里？"

"一个儿童不需要他自己的房间。"

"什么，一个儿童！我不是一个儿童！"

"在这儿，所有人都是儿童！"

"总得有成年人吧！"

"不，没有。"

"可是，我在这儿做什么？"塔米娜叫喊起来。

小女孩没有注意到她的烦躁。她转身走向门口，然后在门槛上停下来，说："我把你和松鼠安排在一起。"

塔米娜不明白。

"我把你和松鼠安排在一起，"那孩子用不高兴了的小学女教师的语气又说一遍，"我们这里所有人都被分到不同的小组，每个小组都有个动物名字。"

塔米娜拒绝讨论松鼠。她想回去。她问领她到这里来的那个男孩在哪儿。

小女孩假装没听见塔米娜说什么，继续做着她的说明解释。

"我不感兴趣！"塔米娜叫了起来，"我要回去！那男孩在哪儿？"

"别叫！"没有任何成年人会像这个漂亮的女孩子那样盛气凌人。"我不明白你，"她一边接着说，一边摇头表示自己的惊讶，"既然你想走，为什么要来这里？"

"不是我自己要来这里的！"

"塔米娜，别撒谎了。没有谁连自己去哪儿都不知道就开始长途旅行。把撒谎的习惯改掉吧。"

塔米娜向小女孩背过身去，冲向了那条梧桐树林荫道。到了岸边后，她就开始寻找大约一个小时前那男孩拴在木桩上的那条小船。但是，没有船，也没有木桩。

她跑了起来，在岸边四处察看。沙滩马上就与一块沼泽地联结在一起，她费了很长时间绕过去，又重新见到水。水岸总是围绕着一个方向，而她（没有找到那条小船或其他什么船）一个小时以后又回到了林荫道与沙滩相接的那个地方。她明白了。她在一个岛上。

她慢慢地从林荫道走向宿舍。那里，有十几个小孩子，都是六到十二岁的女孩男孩，围成一个圈。他们看到她，喊了起来："塔米娜，到我们这儿来！"

他们打开圆圈，给她空了个位置。

这时候，她想起拉斐尔摇头微笑的样子。

恐惧袭上了心头。她冷冷地从孩子们面前走过，走进宿舍，蜷缩到她的床上。

12

她的丈夫是在医院里死的。她尽可能经常去看他，但他是半夜死的，当时，身边一个人都没有。第二天早晨，她来到医院时，她发现床是空的，同一个病房的一位老先生对她说："夫人，您应该去告他们！他们对待死人的方式太可怕了！"恐惧写在他的眼睛里，他知道自己也将不久于人世。"他们抓着他的脚，在地上拖。他们以为我睡着了。我看见他的脑袋撞在门槛上。"

死亡有两个方面。它是不存在，但它也是存在，是尸体可怕的物质存在。

塔米娜年轻的时候，死亡只是以它的第一种形式出现在她面前，以虚无的方式显现。对死亡的恐惧（而且是很模糊的），就是对不再存在的恐惧。这一恐惧随着岁月的增长而减退，差不多已经消失了（想到有一天她会不再看到天，看到树，这并不令她恐惧），不过，她越来越多地想到另一个方面，想到死亡的物质方面：她一想到自己会变成一具尸体，就感到害怕。

成为一具尸体，这是不能忍受的凌辱。曾几何时，我们还是受到羞耻心、受到裸体和隐私的神圣性所保护的人类生命，可是，只需死亡的那一秒钟降临，我们的身体就突然被随便什么人支配，人们就可以给它脱光衣服，开膛剖腹，察看内脏，面对它的腐臭捂上鼻子，把它扔到冰窖或者是火堆里。她之所以让丈夫的尸体火化，并把骨灰撒掉，也是因为不愿意一辈子总是一想到她所亲爱的身体所受到的折磨，就倍受煎熬。

几个月以后，当她想到自杀的时候，她决定溺死在遥远的海里，为的是她逝后的身体的惨状只能为鱼所知，而鱼是不会说什么的。

我前面谈起过托马斯·曼的短篇小说：一个得了不治之症的男青年上了火车，来到一个陌生的城市。他的房间里有一个衣橱，每天夜里都要走出一个裸体女人，美得悲伤的女人，给他长时间地讲着某些凄婉动人的故事，这个女人和她所讲的故事，就是死亡。

这是泛着温和的微蓝色的与不存在同名的死亡。因为不存在是无限的虚无，而虚无的空间是蓝色的，没有什么能比蓝色更美、更给人以安宁。死亡诗人诺瓦利斯喜欢蓝色，并在他的旅行中只寻找蓝色，这一点儿也不是个偶然。死亡的温和是蓝色调的。

只不过，如果托马斯·曼的男青年不存在式的死亡是美的，那么他的身体怎么样了呢？人们是否拖着他的脚走过门槛呢？他是否被开膛剖腹了呢？他是被扔到冰窖还是扔到了火堆里？

托马斯·曼当时只有二十六岁，而诺瓦利斯不到三十岁就夭折了。我不幸比他们多活了若干年，并且与他们有所不同的是，我不能不让自己去想到身体。因为死亡不是蓝色的，而塔米娜和我都知道这一点。死亡是可怕的劳役。我爸爸在弥留的日子里整日高烧不退，他给我的印象就是在劳作着。他浑身是汗，屏神静气地运力在他的弥留上面，就好像死亡是他力所不逮的。他甚至都不知道我坐在床边，他甚至都不再能看到我的存在，死亡的工作把他完全消耗了，他全神贯注，就像骑在马上的骑士，要赶很远的路而身上只剩下了最后一点力气。

是的，他在一匹马上奔驰。

他去哪里？

可以隐藏他身体的远处的某个地方。

不，当所有的表达死亡的诗歌都把死亡表现为一种旅行的时候，这不是出于偶然。托马斯·曼的男青年上了一列火车，塔米娜上了一辆红色跑车。人们拥有的是远行去隐藏自己身体的无限欲望。但远行是徒劳的。人们骑在马上奔驰，但却发现自己躺在一张床上，脑袋让人在门槛上撞来撞去。

13

为什么塔米娜在一个儿童岛上？为什么我想象出她在那么个地方？

我不知道。

也许是在我父亲临死的那一天，空气中充溢着由儿童的声音唱出来的快乐的歌曲？

在易北河以东的所有地方，儿童们都属于一个叫先锋队的团体。他们脖子上系着一条红领巾，像大人一样去开会，有时候还唱《国际歌》。他们有一个良好的习惯，就是时不时地把一条红领巾系到一个杰出的成年人脖子上，并向他颁发荣誉少先队员的称号。大人们喜欢这样，并且越是年老的人，就越是喜欢收到由孩子们赠送的一条红领巾，放在他们的棺木上。

他们都收到过。列宁收到过，斯大林也收到过，马斯图尔波夫和肖洛霍夫，乌布利希和勃列日涅夫也都收到过。而胡萨克接受红领巾的这一天，正值在布拉格城堡举行一次大型的庆祝活动。

爸爸的烧退下去一些了。当时是五月份，我们打开了朝向花园的窗户。从对面的房子里，越过花园里开着花的苹果树树枝，传来了庆祝活动的电视转播。听得到孩子们在用高音唱着的歌曲。

医生在房间里，他俯下身去看已经一句话也说不出来的爸爸。然后，他转向我，大声说道："他进入昏迷状态了，大脑正在腐烂。"我看到爸爸的蓝色大眼睛睁得更大了。

当医生走了以后，我感到十分窘迫，想马上说点儿什么驱赶掉刚才那句话。我指了指窗户："你听见了吗？真有趣！胡萨克今天成了荣誉少先队员！"

爸爸笑了起来。他笑是想向我证明他的大脑还有活力，我可以继续跟他说话，跟他开玩笑。

胡萨克的声音越过苹果树传了过来："孩子们！你们是未来！"

过了一会儿，又听到："我的孩子们，永远不要向后看！"

"我去关上窗户，咱们就听不见了！"我向爸爸眨了眨眼，他带着极为迷人的微笑看着我，点头表示同意。

几个小时以后，热度又突然升起来了。他跨上他的马，又奔跑了几天。此后，就再也没有看到我。

14

可是，现在她迷失在儿童中间，她能做什么呢？摆渡的人和他的船一起消失了，四周全是水，无边无际。

她想要抗争。

这太让人悲哀了：在欧洲西部的小城里，她从没有为什么事情努力过，而在这里，在儿童们中间（在一个凡事凡物都失去重量的世界里），她要抗争？

她怎么去抗争呢？

她来到岛上那一天，当她拒绝和他们一起玩并像躲在一座牢固的城堡里一样躲到她的床上时，她感到空气中滋生着孩子们的敌意，她为此感到害怕。她想抢占先机。她决定赢得他们的好感。为此她要和他们融为一体，接受他们的语言。她主动参加他们所有的游戏，在他们的活动中出力献策，孩子们很快被她的魅力征服。

既然要与他们融为一体，她就要放弃自己的隐私。她和他们一起去浴室，尽管第一天她拒绝陪他们进去，因为她讨厌在别人的目光下盥洗。

浴室是铺着方砖的一个大房间，这是孩子们生活的中心，隐秘思想的中心。一边，有十个便桶，另一边有十个洗手池。总有一组人翻卷衬衣坐在便桶上，另一组赤裸着站在洗手池前。坐着的看着在洗手池前赤裸着的，而洗手池前的孩子回过头就可以看到坐在便桶上的孩子。整个房间弥漫着一种神秘的肉欲，它唤醒了塔米娜遗忘许久的一个模糊回忆。

塔米娜穿着长睡衣坐在便桶上，赤裸的老虎组的孩子们站在洗手池前，只是盯着她看个不停。随着抽水马桶的响声，松鼠们离开便桶，脱掉长睡衣，老虎们离开洗手池进宿舍，而这时猫们又从宿舍走进来。他们坐在空出来的便桶上，看着高大的塔米娜，看着她下腹的黑毛和胸前的大乳房，看着她和松鼠们一起在洗手池前洗漱。

她不觉得羞耻。她感到，她的成人性别特征使她成为一个女王，居高临下面对着那些下腹光秃秃的孩子们。

15

看起来，来到岛上的旅行并非像她初见有她的床的宿舍时所以为的那样，是一场针对她的阴谋。相反，她终于到了一个她想去的地方：她回落到一个很遥远的时代，那时候她丈夫还不存在，那时候他既不在回忆之中也不在欲念之中，那时候既没有重负也没有愧疚。

她的羞耻心一直很发达（羞耻心是爱情忠实的影子），可现在她面对十几双陌生的眼睛展露着裸体。最初她感到惊愕和不愉快，但很快就习惯了，因为她的赤裸不是不知羞耻的问题，而是简单地失去了它的意义，变成了迟钝的、喑哑的、死亡的赤裸。她和丈夫的爱情故事在她身体的每个部分都留下了印记，而现在她的身体沉沦到了无意义之中，而了无意义是一种解脱，一种休息。

虽说成人的性欲正在她身体上消失，而有着其他兴奋刺激的另一个世界则开始缓慢地从遥远的过去出现在她面前。很多潜藏的回忆浮现出来，比如这一个（塔米娜把这段回忆遗忘了很久，这没有什么奇怪的，因为长大成人的塔米娜觉得它极为荒唐可笑）：当她在上小学二年级的时候，她倾慕自己年轻漂亮的女教师，她有几个月的时间都梦见自己和她一起上厕所。

现在，她坐在便桶上，眯着眼睛微笑。她想象自己是那个小学教师，而坐在旁边便桶上且不时向她投来好奇目光的那个长着满脸雀斑的小女孩，就是从前的小塔米娜。她把自己融入到满脸雀斑的小女孩那迷恋的目光之中，她是如此地沉溺其中，都感觉得到在记忆深处的某个地方，有种半睡半醒的古老冲动在颤动着。

16

因为有了塔米娜，松鼠们几乎赢得了所有的游戏，于是他们决定要郑重地报答她。孩子们实施赏罚的时候，都是在浴室里进行。而塔米娜获得的奖励，就是这个晚上所有人都为她服务：这一晚，她没有权利用自己的手碰自己，松鼠们作为忠实不渝的侍者全心全意地替她做一切。

他们开始伺候她了：首先让她坐在便桶上为她一丝不苟地擦身，然后把她抬起来，冲完便桶，为她脱去睡衣，把她推到洗手池前。他们都想在这儿为她洗胸部和腹部，都非常贪婪地想看看她两腿之间长的是什么，碰她那里感觉如何。她有时想推开他们，但是很难：她不能待孩子们不友好，何况他们带着令人钦佩的严肃进入自己的角色，并且只是为了奖赏她而为她效劳。

他们终于让她躺到床上去睡了，可是这会儿，他们又找到无数可爱的借口，让自己能压在她身上，在她的身体上遍处抚摸。太多的手和嘴，她分辨不清它们都属于谁。她感到整个身体都被压着，尤其是她长得和他们不一样的地方。她闭上眼睛，她几乎感觉到自己的身体在摇晃，在慢慢地摇晃，宛如在摇篮中：她感到了一种宁静且奇特的快感。

她觉得这快感让她的嘴角颤动起来。她又睁开眼睛，看到一张孩子脸在窥伺她的嘴，并对另一张孩子脸说："你看！你看！"现在，有两张孩子脸附在她身上贪婪地看她在颤动的嘴角，就好像他们在看着一块拆卸开的手表的内部构造，或者是一只被拔下翅膀的苍蝇。

但是，她感到眼睛所见到的与身体所感受到的东西完全不一样，就好像附在她身上的孩子与渗遍全身的这宁静且摇晃的快感没有关系似的。她再一次闭上眼睛，让身体享用这快感，因为这是她平生第一次在灵魂缺席的情况下具有身体的快感，她的灵魂想象尽失，回忆阙如，悄然无声地离开了房间。

17

下面是我五岁的时候爸爸给我讲的：每一个音调都是一个小小的王宫。在里面发号施令的是国王（第一级），他配有两个侍从官（第五级和第四级）。听从他们吩咐的有四个大臣，每个大臣都与国王和侍从官们保持着特殊的关系。此外，宫里还住着其他五个被称为半音的音符。他们在其他的音调里肯定占据着显要的位置，但在这里他们只是宾客。

因为十二个音符中的每一个音符都有自己的位置、头衔和功能，所以我们听到的作品就不再是一大堆声音：它在我们面前演奏的是一个故事。有的时候，事件混成一团（比如在马勒的作品里，在巴托克或斯特拉文斯基的作品里更是如此），好几个王宫的王子都参与进来，一下子让我们听不出哪个音符是为哪个宫廷效力的，有的音符是不是伺候着好几个国王。然而，即便是这样，最天真的听众还是能大概猜出来讲的是什么。即便是最为复杂的音乐，它还是在讲同一种语言。

以上，是爸爸跟我说的，而下面是我讲的：一天，一个伟大人物注意到，音乐语言历经千年走向了穷途末路，总是没完没了地讲那些老掉牙的话题。通过一条革命法令，他废除了音符之间的等级，让它们一律平等，他还制定了严格的纪律，以防它们中间的哪一个在乐谱上出现的机会多于另一个，并进而窃取原有的封建特权。王宫被永远地废除了，取而代之的是一个建立在平等的十二音体系基础之上的统一帝国。

音乐的音响也许比以前更有趣了。但是，千年以来，习惯了把音调听成王宫里的明争暗斗的人们，再听到一个音的时候很可能不理解它在说什么。十二音体系的帝国不久也就瓦解了。勋伯格之后，来了瓦雷兹，他不仅废除了音调，连音符（记录人声和乐器的音符）也废除了，代之以一些声音的精致组合，它可能是出色的，但已经开辟了某种其他东西的历史，建立在其他原则和其他语言基础之上的某种其他东西。

当米兰·许布尔在我布拉格的寓所里发挥他关于捷克民族有可能在俄罗斯帝国的统治下消亡的思考时，我们两个人都知道这个想法或许是有根据的，但它超出我们的认识范围，我们谈论的是不可设想的事情。人，即便他自身终有一死，却无法想象空间的终结，时间的终结，历史的终结，一个民族的终结，他总是生活在无限的幻象之中。

被进步的思想所吸引的人不会意识到，所有的前进步伐都同时使末日离我们更近，并且那些快乐的口令诸如*更远*、*向前*等等让我们听到的是死神的淫荡声音，它诱使我们加速赶过去。

（倘若前进一词的诱惑具有了普遍性，那是不是首先因为死神已然在很近的地方跟我们说话？）

在阿诺德·勋伯格建立他的十二音体系帝国时代，音乐前所未有地丰富并沉醉于其自由之中。末日如此之近的想法不会触动任何人。毫无疲倦！毫无暮气！激励勋伯格的是青春勃发的大无畏精神。由于选择了向前进的惟一道路，他心中充满着理直气壮的骄傲。音乐的历史就在恣意妄为和随心所欲中终结了。

18

如果音乐的历史真的结束了，那么音乐还剩下什么呢？静音吗？

算了吧！现在有了越来越多的音乐，比它辉煌的时代要多出数十倍、数百倍的音乐。它从挂在房屋墙上的扩音器里传出，从安在住房和饭店里的可怕的音响装置里传出，也从人们上街拿在手里的半导体收音机里传出。

勋伯格死了，埃林顿死了，但吉他却永在。一成不变的和声，庸俗平常的曲调，以及既刺耳又单独的节奏，这就是音乐所留下来的，这就是音乐的永恒。凭这些简单的音符组合，世界便可以博爱，因为是存在本身在这些音符的组合中兴高采烈地呼喊我在这儿。没有比与存在的简单融合更喧闹、更一致的融合了。伴着这些音符，阿拉伯人和犹太人拉起手来，捷克人和俄国人亲如一家。一个个身体随着音符的节奏在跳动，为意识到自己存在而陶醉。正因为如此，贝多芬的任何一部作品也没有经历过在吉他上千篇一律的反复敲打所煽起的巨大的集体狂热。

在爸爸去世前的一年左右，我和他围绕着一个建筑群做例行散步，歌曲从四面八方传来。人们越是悲伤，扬声器就越是为他们演奏。它们请被占领国家忘记掉苦难的历史，投入到生活的欢乐之中。爸爸停下来，他抬头看着那传来噪音的设备，我觉得他有要紧的话想对我说。他做出了巨大的努力用来集中注意力，用来表达他的思想，然后他缓缓地、吃力地说："音乐的愚蠢。"

他这么说是想表达什么呢？他要侮辱他终生热爱的音乐吗？不，我认为他想对我说的是，存在着一种*音乐的原始状态*，一种早于它的历史的状态，早于它的第一次追问、第一次思考、第一次有动机有主题的组合的状态。音乐的这一初始状态（即没有思想的音乐），反映着与人类共生的愚蠢。为了将音乐从这原始的愚蠢中提升起来，人们在精神和心灵上付出了巨大的努力，画出了跨越几个世纪欧洲历史的一道壮丽的曲线，它在运行到最高点的时候熄落下来，宛如一道焰火。

音乐的历史终有完结，而吉他的痴傻却是永恒的。今天，音乐回到了它的原始状态。现在它所处的是最后一次追问、最后一次思考之后的状态，是历史终结之后的状态。

一九七二年，当捷克流行音乐歌手卡莱尔·克劳斯去国外以后，胡萨克害怕了。他马上（一九七二年八月）就往法兰克福给他写了一封私信，下面我完整引用其中的一段："亲爱的卡莱尔，我们不怨您。回来吧，我求您，我们会满足您的所有愿望。我们会帮助您，您会帮助我们……"

就稍稍反思一下这是怎么回事吧：胡萨克连眼睛都没眨就放走了医生、学者、天文学家、运动员、导演、摄影师、工人、工程师、建筑师、历史学家、记者、作家、画家，任他们移居国外，但是他不能接受卡莱尔·克劳斯离开这个国家，因为卡莱尔·克劳斯代表着没有记忆的音乐，在这一音乐中永远地埋葬了贝多芬和埃林顿的尸骨，帕莱斯特里纳和勋伯格的骨灰。

遗忘的总统和音乐的痴傻儿恰好结成一对。他们为同一部作品工作着。“我们会帮助您，您会帮助我们。”他们彼此不能分离。

19

但是，有的时候，置身于以音乐智慧为主导的高塔之中，听到外面传来没有灵魂的嘶喊那单调的节奏，想象着伴着这样的节奏四海之内皆兄弟似的情形，确让我们产生怀恋之情。时刻不离贝多芬是危险的，所有拥有特权的位置也是同样危险的。

过去，塔米娜一直有些羞于向别人承认她和丈夫在一起很幸福。她担心这样做就给别人一个讨厌她的口实。

今天，她在两种情感之间摇摆：爱情是一种特权，而所有的特权都是不应得到的，应该为之付出代价。因此，她是因为受到惩罚才来到儿童岛的。

但是，这一情感马上就让位给了另一个：爱情的特权不仅是个天堂，也是个地狱。爱情中的生活是在不断的紧张、恐惧和没有间歇中发生的。她现在置身于儿童之间，正是为了获得安宁和坦然的奖赏。

一直到目前为止，她的情欲总是被爱情占据的（我说“占据”是因为性不是爱，它只是爱情据为己有的一块领土），它具有某种戏剧化的、负责任的、严重的性质。这里，在孩子们中间，在了无意义的国度，性活动最终又恢复到它的原始状态，再次变成一个产生身体快感的小玩意儿。

或者，我换一种方法来表达：从与爱的魔鬼般关系中解放出来的性欲，变成了天使般单纯的一种快乐。

20

如果说孩子们对塔米娜的第一次强奸还具有这种出乎意料的意义的话，那么，同样情形的不断重复很快就失去了它传递某种意义的特性，变成了越来越空洞、越来越肮脏的例行公事。

孩子们之间很快就有了纠纷。热衷于这些爱的游戏的人开始讨厌起那些对此无动于衷的人来。而在成为塔米娜情人的那些儿童中，在自以为受到保护和自以为受到排斥的孩子之间，敌意日渐增长。所有的这些恩怨都开始返回到塔米娜身上，让她难以容忍。

有一天，当孩子们俯在她赤裸的身体上的时候（他们或跪在床上，或站在一边，或跨在她身体上，或蹲在她头侧、蹲在她两腿之间），她突然感到一阵剧烈的疼痛。一个孩子掐了她的一个乳头。她发出一声喊叫，难以控制自己：她把他们全都赶下床去，并挥臂乱打一气。

她知道这一疼痛并非出于偶然，也不是源自性欲：有一个孩子憎恨她，想伤害她。她结束了和孩子们的爱情游戏。

21

突然之间，在凡事凡物轻如微风的国度里，就不再有安宁。

他们正玩着画格跳房子的游戏，从一个格子跳到另一个格子，先是右脚单跳，后是左脚单跳，最后是双脚并跳。塔米娜也跟着跳。（我看见她的高大身体在孩子们的小身影中跳着，她的头发在眼前飞来飘去，她心中涌起无限的烦恼。）这时候，金丝雀组的儿童开始喊叫起来，说她踩线了。

当然，松鼠们是不同意的：她没有踩线。两组儿童低头去看线，寻找塔米娜的足迹。可是划在沙上的线轮廓不清，塔米娜的鞋印也不是很明显。事情有了争议，孩子们叫骂起来，闹腾了一刻钟，他们越来越争执不休。

这个时候，塔米娜做了个致命的动作；她举起手臂说："好吧。同意，我踩线了。"

松鼠们开始向塔米娜喊叫说，不是这样的，她疯了，她在撒谎，她没有踩线。但是，他们败下阵来。由于塔米娜否定了他们，他们的说法就失去了分量，金丝雀们发出了胜利的欢叫。

松鼠们暴跳如雷，他们冲着塔米娜叫喊，骂她是叛徒，一个男孩猝不及防地推了她一下，她几乎摔倒。她要打他们，而这对他们来说是个信号，大家一起拥向她。塔米娜自卫着，她是成年人，她有力气（并且充满怒火，是的，她击打着这些孩子，就像击打着生活中所有让她一直痛恨着的东西一样），孩子们流鼻血了，但是一块石头飞过来，击中塔米娜的前额，塔米娜摇晃了一下，她以手扶头，她流血了，孩子们散开了。突然间鸦雀无声，塔米娜慢慢回到宿舍。她回到自己的床上，决定再也不参加他们的游戏了。

22

我看到塔米娜站在宿舍中央，宿舍里满是躺下的儿童。她是个目标。有孩子在一个角落喊："奶子，奶子！"所有的声音像合唱一样喊起来，塔米娜听到了有节奏的高喊："奶子，奶子，奶子……"

她下腹的黑毛和美丽的乳房，不久前还是她的骄傲、她的武器，现在成了被辱骂的对象。在孩子们的眼里，她成人的生命成了某种可怕的东西：乳房像个肿瘤一样荒唐，下腹是非人的，因为那毛让人想起动物来。

现在，她被围捕着，他们在整个岛上把她追来追去，向她扔木块和石头。她隐藏，她逃跑，她听见四面都喊着她的名字："奶子，奶子……"

强者被弱者追着跑，没有比这更让人感到耻辱的了。但是他们人多势众。她逃来逃去，她为逃跑感到羞耻。

有一天，她给他们设下埋伏。他们是三个人；她打其中的一个，直到把他打倒，其他两个跑开了。她跑得更快，抓住了他们的头发。

这时，一张网落到她身上，还有其他的网。是的，那是宿舍前面挂得很低的那些排球网。他们在那儿等着她。那三个被她痛打的孩子原来是诱饵。现在她被困在一堆相互纠缠的网中，她蜷曲着，她挣扎着，而孩子们一边叫喊，一边把她拖在身后。

23

为什么这些儿童这么坏呢？

别这么说！他们一点儿也不坏。相反，他们心地善良，并且不停地互相表明他们的友谊。没有一个孩子想独占塔米娜，每时每刻都听得到他们在说："你看，你看。"塔米娜被俘获在乱网之中，网绳划破了她的皮肤，孩子们纷纷指着她的血、她的泪、她疼得咧嘴的样子让别人看。他们慷慨地把她互相赠予。她成了他们手足之情的纽带。

她的不幸，不是因为孩子们的恶意，而是因为落到了他们的世界的边界之外。人不因屠宰场在宰牛而愤慨，牛对于人来说是在法律保护之外的。同样，对孩子们来说，塔米娜也是在法律保护之外的。

要说有人充满了强烈的仇恨的话，那是塔米娜，而不是儿童们。他们让人痛苦的愿望是一个积极的、快乐的愿望，可以恰如其分地称之为欢乐。他们之所以让处在他们的世界以外的人痛苦，只是为了颂扬他们自己的世界和这个世界的法律。

24

时间会侵蚀掉一切，所有的欢乐、所有的消遣都会因再三重复而让人兴致索然，孩子们对塔米娜的围捕也不例外。再说，孩子们也确实不是很坏。当塔米娜蜷缩在排球网中躺着的时候，那个往她身上撒尿的小男孩总有一天会向她发出天真灿烂的微笑。

塔米娜又参加他们的游戏了，但默默无语。塔米娜又一个一个地跳上了格子，首先是单脚跳，然后是另一只脚，然后是双脚并跳。她再没有进入过他们的世界，但她也需小心不要落到他们的世界之外。她努力做到正好站在边界线上。

但是，建立在妥协基础上的这一暂时平静、这一波澜不兴、这一临时协定，其本身就包含着永无止境的恐怖。如果说在此前的被围捕动物的生活让塔米娜忘却了时间的存在和时间的无限的话，那么现在，被击打的暴力减弱以后，时间的荒漠在昏暗中显现出来，残酷且压抑，与永恒无异。

请把这一画面铭记在记忆之中：塔米娜要跳格子，单脚跳，然后另一只脚跳，然后双脚并跳，她还要把是否踩线看得十分重要。她要这样日复一日地跳下去，并且在跳着的时候，她要背负着像十字架一样日复一日加重的时间的重负。

她还向后看吗？她还想她的丈夫和布拉格吗？

不。现在再也不了。

25

被推翻的历史古迹的幽灵在主席台上游荡，遗忘的总统站在台前，脖子上系着一条红领巾。儿童们在鼓掌，叫着他的名字。

自那以后，八年过去了，但他的讲话仍然在我耳边回响，同当时透过开着花的苹果树树枝传过来时一样真切。

他说，“孩子们，你们就是未来。”现在，我知道了这句话有着与乍看上去不一样的另外一层意思。孩子们不是因为终有一天也长大成人才代表着未来，而是因为人类越来越接近儿童，因为儿童是未来的形象。

他声嘶力竭地喊着“孩子们，永远也不要向后看”，这就是说我们永远也不能容忍未来被记忆的重负压弯了腰。而儿童是没有过去的，他们的微笑中那神奇的天真的所有秘密就在这里。

历史是一系列昙花一现的事变，而永恒的价值在历史之外传承着，它们是固定不变的，不需要记忆。胡萨克是永恒不变的总统，不是昙花一现的总统。他是和孩子们站在一起的，而孩子们就是生活，生活就是“看，听，摸，喝，吃，撒，拉，入水和看天，笑和哭”。

据说，胡萨克给孩子们讲完话后（在此之前我已经关上窗子，而爸爸又准备骑上他的马了），卡莱尔·克劳斯走到主席台上，唱了起来。胡萨克的脸上挂着激动的泪花，泪花里折射出四下发出的灿烂的阳光般的微笑。就在此时，一条奇迹般的大彩虹在布拉格上空划出了一道弧线。

孩子们抬起头来，他们看见了彩虹，他们笑着鼓起掌来。

音乐的痴傻儿唱完了他的歌曲，遗忘的总统张开双臂，叫喊起来："孩子们，活着是幸福的！"

26

岛上响起了又唱又叫的歌声，电吉他发出嘈杂的声响。一台收录机放在宿舍前游戏场的地上。旁边，有一个男孩。塔米娜认出来，他就是那个曾和他一起来到岛上的摆渡人。她警觉异常。如果他是摆渡人，那么渡船就应该在这里。她知道不应该错过这次机会。她的心脏在胸膛里剧烈地跳动着，从这一时刻起，她脑子里只有一个念头：逃跑。

那男孩眼盯着收录机，摆着胯。一些孩子跑过来，和他一起扭动：他们向前抛起一只手臂，一会儿是这只，一会儿是另外一只，他们把头向后仰起，他们伸出食指摆动起手来，如同威胁着什么人一样，他们的叫喊和收录机里传出来的歌声混杂在一起。

塔米娜躲在一棵梧桐树粗壮的树干后面，她不想让他们看到自己，但是她不能看不见他们。他们的动作带着成人的那种卖弄风情似的挑逗，他们把两胯向前动一下，然后向后缩一下，就像在模仿着交媾动作。出现在儿童身体上的这些淫秽动作消除了下流与天真、纯洁与卑鄙之间的对立。性欲变成了荒谬，天真变成了荒谬，词汇变了质，而塔米娜则感到极为不适：就好像她胃里有一个空囊一样。

傻呆呆的吉他声在回响，孩子们在跳着，他们卖弄风情似的把腹部向前挺起，塔米娜感觉到来自没有重量之物的不适。胃中的空囊，正是不能容忍的重量的缺失。正像一个极端可以随时转化成另一个极端一样，到达了极点的轻变成了可怕的轻之重，塔米娜知道她一秒钟也不能再忍受了。她转过身去，跑了起来。

她跑向通向水边的林荫道。

她来到岸边，四下看了看。但是没有船。

同第一天来时一样，为了找到船，她顺着岸边绕岛跑了一圈。但她没有看到船，哪儿都没有。最后，她来到了梧桐树林荫道从水边起始的地方。她看到了兴奋的孩子们在这边跑着。

她停下来。

孩子们看见了她，大声叫喊着向她冲来。

27

她跳到水里。

她不是因为害怕。她想了很久了。不管怎么样，坐船到岛上这段路不是很长。看不到对岸也没什么大不了的，游到那边去不需要超人的力气。

孩子们喊叫着冲向塔米娜刚刚离岸跳入水中的地方，她的身旁落下了一些石块。但她游得很快，马上就来到了他们那瘦弱的胳膊挥舞不到的地方。

她游着，很久以来，她都没有感觉到如此的舒畅了。她感觉到她的身体，感觉到自己先前的力气。她一直是游泳健将，她游水的动作给自己带来快乐。水很凉，但这一清凉让她欢喜，就好像它在洗涤着她身体上落下的孩子们的各种污秽，他们所有的唾液，所有的目光。

她游了很久，太阳缓缓地落入水中。

然后，暮色加重起来，过一会儿天完全黑了。没有月亮，也没有星星。塔米娜尽力顺着同一个方向游。

28

可她要回到哪里呢？布拉格吗？

她连它的存在都忘记了。

回到欧洲西部的小城吗？

不。她只是想离去。

那就是说，她想寻死吗？

不，不，不要这个。相反，她生的欲望很强。

可是，她要去什么样的世界生活，对此她总该有个想法吧！

她没有想法。归根结底，现在她只剩下了强烈的生的渴望，还有她的身体。只剩下这两样东西，其他什么都没有。她想把它们从岛上夺下来，救下它们。她的身体和生的渴望。

29

天亮了起来。她眯缝起眼睛想看一看对岸。

什么都没有，只有水。她回头看了一下。不太远的地方，也就是一百来米的样子，就是那绿色小岛的岸边。

什么！她在原处游了整整一夜吗？她沮丧至极，并且从没有了希望那一刻起，她就感觉到四肢乏力，水冰冷刺骨。她闭上眼睛，努力了一下想继续游下去。她不再想到达对岸了，现在她只想着死，她想在水中的某个地方死去，远离任何接触，一个人，只与鱼相伴。她的眼睛闭上了，因为刚才有一会儿昏昏欲睡，水进入肺腔，她开始咳嗽，呼吸急促，而正在咳嗽的时候，她忽然听到了孩子们的声音。

她停在原处，咳嗽着，看着周围。不远的地方，出现了满载孩子们的船。他们叫着。当他们看到她看见了他们之后，就不做声了。他们眼睛盯着她，向她接近。她看到他们兴奋不已。

她担心他们要救起她，强迫她像以前一样和他们玩游戏。她感到精疲力竭，四肢僵硬。

船就在旁边，五张孩子脸贪婪地俯过来。

塔米娜绝望地摇晃脑袋，就好似对他们说：让我死吧，别救我。

但她的担心是多余的。孩子们没有做任何动作，没有人递给她一只桨，没有人伸过手来，没有人想救她。他们只是睁大贪婪的眼睛看着她，观察她。一个用桨掌着舵的男孩，把船划得更近了。

她已呛了几口水，她咳嗽着，挥着手臂，感觉自己不能再撑在水面了。她的双腿越来越沉，注满了铅一样拖着她下沉。

她的头落到水里了。她剧烈地动作着，好几次成功地浮出水面；每次都看见那条船和观察着她的孩子们的眼睛。

然后，她从水面上消失了。

第七部

边界

1

他一直认为，女人在做爱的时候最有意思的地方，是她们的脸。身体的动作就像是长长的电影胶片在转动着，投射到脸上，——如同投射到电视荧屏上，是一部扣人心弦的影片，充满着困惑、期待、爆发、痛苦、叫喊、激动和仇恨。不过，爱德维奇的脸却是一个关闭着的荧屏，扬目不转睛地看着，带着百思不得其解的问题：她和他在一起是否厌烦？她是否累了？她做爱是否不情愿？她是否习惯于更好的情人？或者，在她那一成不变的面部表情后面，是否隐藏着某些他意想不到的感受？

他当然可以问问她。但他们之间有些奇怪，平常两个人无话不说，相当坦白，可是一旦他们两个赤身裸体抱在一起，他们就失去了言语的功能。

他一直不能给自己很好地解释这一缄默。也许是因为爱德维奇在他们的爱情关系以外的事情上都比他更敢作敢为。尽管她更年轻，这辈子说的话至少比他要多三倍。给人的训导和建议要比他多十倍。她就像一个温柔且理智的母亲，在人生道路上给他以引导。

他经常想象着在做爱的时候在她耳边悄声说一些猥亵的话。可即便是在梦想中，他的企图也是以失败告终。他确信，那样的话，她的脸上会出现一个带有责备、宽容和理解的安然微笑，就像一个母亲看到自己的孩子正在橱柜里偷饼干吃所流露出的那种微笑。

或者他想象自己用最普通的方式在她耳边低声问一句：你喜欢这样吗？和其他的女人在一起，这样简单的一问总是会激起淫声浪语。哪怕用这么一个得体的“这样”来指称性爱行为，都会马上唤起说出其他词语的欲望，肉体之爱就像是一面可以折射出这些纵情声色的词语的镜子。不过，他看来好像提前就知道爱德维奇会怎么回答：当然喜欢，她会有条不紊地说，你认为我会心甘情愿地做自己不喜欢的事吗？说话讲点儿逻辑，扬！

因此，他不跟她说猥亵的话，也不问她是否喜欢这样。他一直默默无语，而他们的身体在有力地、长时间地运动着，放着没有胶片的电影带。

他也经常在想，是否自己就是这些无言的爱之夜的罪魁祸首。是他给作为情人的爱德维奇虚拟出一个漫画式的形象，这形象现在立在她和他之间，他无法跨过去进入真正的爱德维奇，进入她放纵的感官和淫猥的幽处。总之，每一次无言的爱之夜之后，他都向自己保证下次不和她做爱了。他像爱一个聪明、忠诚、不可替代的女友一样地爱着她，而不是像爱着一个情妇。可是，很难把情妇和女友分开。每次见到她的时候，他们都谈得很晚。爱德维奇喝酒，阐发理论，提出忠告，最后，扬累得支持不住的时候，她就忽然沉默下来，脸上露出一个怡然自得的微笑。这时候，就像听从一个无法抗拒的建议一样，扬抚摸起她的一个乳房，她站起来，开始脱衣服。

为什么她要和他睡觉呢？他经常问自己，但找不到答案。他只知道一个事情，那就是：他们的交合是不可避免的，就像一个公民听到自己的国歌就要立正一样不可避免，尽管无论是他还是他的祖国从这一立正中都肯定得不到什么乐趣。

2

在过去的二百年里，乌鸫放弃森林，成了城市里的鸟。首先是在大不列颠，从十八世纪末开始，几十年以后到了巴黎和鲁尔地区。在十九世纪期间，它一个一个地征服了欧洲的城市。大约一九〇〇年的时候，它定居在维也纳和布拉格，然后又向东走，来到布达佩斯，贝尔格莱德和伊斯坦布尔。

从地球的角度看，乌鸫对人的世界的入侵毋庸置疑地要比西班牙人入侵南美洲或犹太人回到巴勒斯坦更为重要。造物的不同物种（鱼类、鸟类、人类、植物类）之间关系的变化，与同一物种间不同群体之间关系的改变相比，属于更高一级的变化。波希米亚是由凯尔特人还是斯拉夫人占据，比萨拉比亚是被罗马尼亚人还是被俄国人征服，地球才不在乎呢。但是，乌鸫一反常性地追随人类来到人为建设并违背自然的人世间，这才是改变着地球组织结构的一些事情。

然而，没有人敢于把过去的两个世纪解释成乌鸫侵占人类城市的历史。我们总是囿于自己对什么重要、什么不重要的固定理解。我们带着焦虑的目光盯着重要的事物看，可是在我们身后，微不足道之物正偷偷地发动着游击战，它最终会使世界悄然改变并在我们头顶突然爆发。

如果要为扬写一部传记，可以把我说到的这个阶段大致做如下概述：与爱德维奇的关系标志着扬的生活的一个新阶段，这时他四十五岁。他终于放弃了空洞的、条理不清的一种生活，决定离开欧洲西部的城市，重振旗鼓，在美洲全身心地投入到一个重要的工作之中，从此可以更上一层楼，等等，等等。

但是，想象中的扬的传记作者会给我解释，为什么正是在这一时期，扬最喜欢看的书是古代小说《达夫尼斯和赫洛亚》！这小说讲的是两个年轻人的爱情故事，他们少不更事，不知道性爱是什么。一只公羊的咩咩声和大海的声音呼应着，一只绵羊在橄榄树荫下吃草。两个年轻人并排躺着，他们一丝不挂，心中充满了强烈而模糊的欲望。他们相拥在一起，互相贴着身体，紧紧地搂抱着。他们就这样长时间地、相当长时间地抱在一起，因为他们不知道他们还能做什么。他们以为这一拥抱就是爱的快感的全部目的。他们兴奋，他们的心怦怦跳着，但他们不知道什么是做爱。

是的，扬正是对这一段着迷。

3

女演员汉娜盘着腿坐在沙发上，就像世界上的古玩店都在卖的菩萨像一样。她一边不停地说话，一边看着自己的拇指在沙发旁的独脚小圆桌的边缘上来来往往划圈。

这不是习惯用脚打拍子或用手挠头发的神经质的人的那种机械性动作，这是一个有意识的、柔和且优雅的动作，大概是在她周围要划出一个有魔力的圆圈，她在圈中全神贯注到自己身上，其他人也全神贯注到她身上。

她悠然自得地目随大拇指的动作，不时抬起眼来看看坐在对面的扬。她对他讲，她患了精神抑郁症，因为住在她前夫家的儿子离家出走，几天没有回家。儿子的父亲非常缺乏修养，竟然在她登台演出半个小时前打电话告诉她这个消息。汉娜发烧，头痛，犯鼻炎。“我都不能擤鼻涕，鼻子太痛了！”汉娜说，蓝色的大眼睛看着扬，“我的鼻子就像花菜一样！”

她微笑起来，这微笑让人看出她是这样一个女人：她知道，即便是她的鼻子因犯鼻炎而发红，自己也不乏魅力。她很自得地生活着。她喜欢自己的鼻子，也喜欢自己的胆量，这胆量让她管鼻炎就叫作鼻炎，管鼻子叫花菜。因此，她通红的鼻子的奇特的美就和自己的才情胆识相得益彰，而大拇指的循环动作，将这两种魅力融合到手下的魔圈之中，表达着她个性中不可分割的统一性。

“我都有点担心了，因为我烧得很高。您知道医生说什么吗？他说：汉娜，我只有一个建议给你，那就是别去测你的体温！”

汉娜因为医生的这句玩笑而朗声地笑了一阵，然后她说：“您知道我和谁认识了吗？帕塞尔！”

帕塞尔是扬的一个老朋友。上次扬见到他的时候，是几个月以前，当时他要去做个手术。大家都知道他得了癌症，只有帕塞尔自己生机勃勃、乐观通达，认为那是医生们的谎言。他等着要做的手术还是很严重的，当他和扬单独在一起的时候，他对扬说：“这次手术后我就不是个男人了，明白吗？我的男人生活，就结束了。”

“我上周在克勒维斯的乡间别墅里见到他，”汉娜继续说，“这家伙真绝了！他比我们大家都年轻！我好爱慕他！”

扬本该很高兴地听到他的朋友得到漂亮女演员的爱慕，但他对此并不十分在意，因为大家都爱帕塞尔，最近这几年，他在社交界的名气就像在非理性股市上一路飙升的股票一样。在外面吃饭大家闲聊的时候，说几句倾慕帕塞尔的话，几乎成了一个仪式。

“您知道克勒维斯家的别墅周围的那片美丽森林吧。那里长了蘑菇，而我非常喜欢采蘑菇！我说：谁跟我去采蘑菇？没有人愿意去，而帕塞尔却说：我跟你去！您能想象得到吗，帕塞尔，他是个病人！我跟您说，他是我们大家当中最年轻的！”

她看着自己的大拇指，它一秒钟也没有停止在那独脚小圆桌桌边上来回划圈，然后她说：“这样，我就和帕塞尔去采蘑菇了。妙极了！我们在森林里迷路了，然后我们找到一家咖啡店。一家很脏很乱的乡下咖啡店。正因为这样，我才喜欢。在这样的咖啡店里，人们像建筑工那样喝价钱便宜的普通红酒。帕塞尔真是无与伦比。我好爱慕他！”

4

在我讲的这个故事发生的那个时代，夏天的时候，欧洲西部的海滩上满是不戴胸罩的女人。民众为此分成两派：赞成裸胸派和反对裸胸派。克勒维斯一家——父亲、母亲和十四岁的女儿——坐在电视机前，看一场电视辩论。辩论的参加者，代表着那个时代的所有思想潮流，他们在为支持还是反对胸罩争论不休。精神分析学家热忱地为裸胸辩护，他认为风气的开化会把我们从性妄想的强权压迫下解放出来。马克思主义者没有明确地提到胸罩，巧妙地把辩论引向一个更根本的问题，即资产阶级社会的虚伪道德，并对这一道德进行声讨。基督教思想的代表觉得自己不得不捍卫胸罩，但他只是非常小心翼翼地捍卫着，因为他也避免不了无处不在的时代精神的影响；在捍卫胸罩方面，他只找到惟一一个证据，按他的说法，那就是我们都有义务尊重并加以保护的儿童的天真无邪。他旋即受到一个精力充沛的女士的攻击，她宣称应该从儿童时代就开始抛弃掉有关裸体的虚伪禁忌，她建议家长们在家里就光着身子到处走。

扬到了克勒维斯家里时，正好女播音员宣布辩论结束，但家中各自的热情还是持续了好一会儿。克勒维斯全家都具有激进思想，所以都反对胸罩。几百万女人，像听到一个命令一样，将那带侮辱性的一片衣装远远抛开，这一壮观举动对他们来说，象征着人类对奴隶制的摆脱。一些裸胸的女人在克勒维斯家的房间里列队走过，好似一营隐形的女解放者。

我说过，克勒维斯一家有激进的思想，以及进步主义的观念。有各式各样的进步主义观念，克勒维斯家捍卫的总是可能成为最佳的那一种。最佳的进步主义观念含有相当强的挑衅意味，这样它的支持者才能因与众不同而感到自豪，但与此同时它要能吸引众多的同道，这样成为孤家寡人的危险才可以被众多胜利者的齐声赞和所避免。假如克勒维斯一家不是反对胸罩，而是干脆就反对穿任何衣服，并且宣称人们应该赤身裸体走在城市的大街上的话，那么，也许他们还是在捍卫一个进步主义的观念，但那肯定不是能成为最佳的那种观念。这个观念会因其过激而让人感到别扭，要捍卫它需要花费太多多余的精力（而最佳的进步主义观念可以说不用费力去捍卫，它自己捍卫着自己），并且它的支持者也永远不会得到这样的满足：看到自己绝非保守的态度忽然一下成为所有人的态度。

听到克勒维斯一家正激烈地反对着胸罩，扬想起了他祖父用过的一个木制小器具，祖父是泥瓦匠，他用的那个器具叫水平仪，是放在正砌着的砖墙上部用的，在水平仪中央的玻璃片下面，有水和气泡，气泡的位置显示所砌的砖是否平。克勒维斯一家可以作为思想的水平仪。把它放在任何一种思想观念上面，它都会准确无误地显示出这一思想观念是否是最佳的进步主义思想观念。

当克勒维斯一家七嘴八舌地给扬讲完电视上刚进行完的那场辩论的始终经过以后，克勒维斯爸爸向他倾过身来，用打趣的口吻说："你不觉得，为了那些漂亮的乳房，我们可以无保留地支持这一改革吗？"

为什么克勒维斯爸爸要用这样的字眼来表达他的思想呢？他是个模范男主人，总是尽力找到让在场的所有人都能接受的一句话。既然扬有着好色的名声，克勒维斯在表达他赞成裸胸的思想时，就不是从真正的、深刻的意义上入手，也就是说没有带着面对千年奴役的废除感受到的道义热情，而是以折衷的方式（既要考虑到扬会有的趣味，又不要违背自己的信念）通过礼赞乳房之美，来从美学角度达成一致。

同时，他又想像一个外交家那样明确而谨慎：他不敢直截了当地说，那些难看的乳房应该藏起来。但是，话虽然不是这么说的，可这一完全不能接受的思想却从说出的话中明显不过地流露出来，于是那十四岁的少女就轻而易举地抓住了这一把柄。

"你们的肚子又怎么样？嗯！你们就一直腆着大肚皮在海滩上走来走去，也不感到一点儿羞耻！"

克勒维斯妈妈开怀大笑，为女儿鼓掌："说得好！"

克勒维斯爸爸也跟着妈妈鼓起掌来。他马上就明白她女儿说得有道理，而他自己又一次成为自己那不幸的折衷倾向的牺牲品，为此他经常受到太太和女儿的指责。他是如此的随和迁就，哪怕是在捍卫自己的温和观点时，也是带着极大的温和态度。因此，他马上转变立场，支持女儿的极端主义主张。再说，受指责的那句话也不是在表达他自己的观点，而是他心目中假定的扬的观点。这样，他就让自己心甘情愿地、毫不犹豫地站在女儿的一边，并且还带着一种为父的满足。

受到父母掌声鼓舞的少女，继续说道："你们以为我们脱掉胸罩是为了让你们看着高兴吗？我们是为我们自己，因为我们高兴这样做，因为这样更舒服，因为这样一来，我们的身体就离太阳更近了。你们除了把我们看成性对象，还能看成什么！"

克勒维斯爸爸和妈妈又鼓起掌来，但这次他们的喝彩声中有些不同的语调。他们女儿的话实际上是正确的，但对一个十四的女孩子来说，有点儿不合时宜。就好像一个八岁的男孩说：如果遇上了持枪抢劫，我来保护妈妈！在这种情况下，父母也会鼓掌，因为儿子说的话无疑值得赞扬。但是，鉴于其中同时又显示出孩子的过度自信，他们在赞扬之中又恰如其分地露出了某种微笑。克勒维斯父母在他们的第二次叫好声中掺和进的就是这样一个微笑，而听见了这一微笑却不赞同这一微笑的少女，带着一种恼怒的固执，重复说道：

“确确实实是这样的。我不做任何人的性对象。”

父母只限于点头赞同，没有微笑，为的是不想引发他们的女儿说出新的什么声明了。

可是，扬忍不住说了一句话：

“小姑娘，你要是知道不做一个性对象是多么容易就好了。”

他轻柔地说出这句话，但话语之间含着如此真诚的哀愁，乃至这句话在房间里四下回响起来。这句话很难以沉默应对，也很难做出回答。它不值得受到赞同，因为它没表达进步主义思想；但它也不值得进行争论，因为它没有明显反对进步。这是能说出口的最差的那一种话，因为它置身于时代精神所引导的论争之外。这是处在善与恶之间的一句话，完全不合时宜的一句话。

出现了一阵冷场。扬带着窘迫的神情微笑起来，似乎在为他刚说的话道歉。然后，有善于在同类之间沟通之名的克勒维斯爸爸开口了，他说到了他们共同的朋友帕塞尔。对帕塞尔的赞赏，是他们意见一致的地方：这可是一个没有危险的地域。克勒维斯赞扬了帕塞尔的乐观主义，他对生活不可动摇的爱，那是任何的医疗制度都无法遏止的爱。可是帕塞尔的存在现在仅限于一个狭窄的生活圈子，没有女人，没有佳肴，没有烈酒，没有运动，也没有未来。他新近来过他们的乡间别墅，那天女演员汉娜也在。

扬非常地想了解克勒维斯家的水平仪放在女演员汉娜身上显示出来的是什么，因为他自己注意到汉娜身上有种几乎难以容忍的自我中心症状。但水平仪表明扬弄错了。克勒维斯家无保留地赞成汉娜与帕塞尔相处的方式，她心里只有他。这在她是极为大度慷慨的举动。然而，任何人都知道她最近所经历的不幸。

“什么不幸？”冒失的扬惊讶地打听着。

怎么，扬不知道吗？汉娜的儿子离家出走了，好几天没有回家！她患上了精神抑郁症！可是，在患了绝症被判死刑的帕塞尔面前，她一点儿也没有想到她自己。她想让他摆脱苦恼，开心地大声叫喊着：“我太想去采蘑菇了！谁愿意跟我去？”帕塞尔和她一起去了，别人拒绝陪他们前往，因为大家在想他是否愿意单独和她在一起。他们在森林里走了三个小时，停在一家咖啡店喝红酒。帕塞尔没有权利散步、喝酒。他回来时精疲力竭，但很幸福。第二天，就得把他送医院去了。

“我觉得这次相当严重，”克勒维斯爸爸说。然后，他就像对扬有所埋怨似的，对他说：“你该去看看他。”

5

扬心想：人的色情生活开始于没有快感的兴奋，结束于没有兴奋的快感。

没有快感的兴奋，就是达夫尼斯。没有兴奋的快感，就是租赁体育器材商店的那位女售货员。

一年以前他和她相识，并请她到家里做客。她说了一句让人难以忘记的话："如果我们在一起睡觉，从技术的角度上讲肯定会很不错，但在感情方面我没有把握。"

他对她说，就他而言，感情方面她绝对可以放心，她接受了这一担保，就像她在商店工作中习惯于接受别人在租滑雪板时要付给她押金一样，从此两个人再没有谈起过感情。不过，涉及到技术方面的时候，她生生地让他筋疲力尽。

这是一个痴迷于性高潮的女人，对她来说，性高潮就是宗教，目的，卫生方面的至高需要，健康的象征，但这也是她的骄傲，使她与不太幸运的那些女人们区分开来的东西，正像有的女人有游艇或是有个显贵未婚夫一样。

可是，让她产生快感可不太容易。她向他叫着"快点，快点”，然后又叫“慢点，慢点”，然后又是“使劲儿，使劲儿”，宛如一个正在给八人划的船的桨手发令的教练。她一边全神贯注于她的身体上的敏感部位，一边引导着他的手，让他在合适的时候放到合适的地方。他汗流浃背地看着年轻女子急不可耐的眼神和她那狂热的身体动作，这身体是部能动的机器，它的全部意义和目的就在于制造小小的爆发。

最后一次从她家里出来时，他想到了赫兹，赫兹是中欧那个城市的歌剧院的导演，扬自己的青年时代也是在那里度过的。赫兹在特别彩排的时候，要求女歌手赤身裸体在他面前表演所有的角色，并且带着舞台动作。为了确定她们的身体动作，他要求将一根铅笔插入直肠。铅笔顺着脊椎的延长线向下显露出来，这样一来，精益求精的导演就可以科学般精确地把握女歌手的步态、动作、行走以及整个身体的一举一动。

有一天，一个年轻的女高音和他争吵起来，并向领导部门揭发了他。赫兹争辩说他从来没有对女歌手非礼，从来没有碰过哪个女歌手。确实如此，不过铅笔的这种作法比这要更猥亵，赫兹就不得不离开了扬的故乡城市，背负着这一个丑闻。

赫兹的不幸遭遇名闻遐迩，而正是因为这一传闻，扬在很年轻的时候就开始看歌剧演出。在看到女歌手们引吭高歌做着感人动作的时候，他想象她们全都是一丝不挂的。乐队在呻吟，女歌手们手抚着左胸，他想象着铅笔从她们赤裸的臀部伸出来。他的心在跳：他因赫兹带来的刺激而兴奋！（即便是在今天，他也只能以这种方式看歌剧演出；即便是在今天，他去歌剧院的时候，也感觉自己就像一个偷着溜进色情剧场的少年。）

扬心想：赫兹是个制造色情的炼金术大师，他通过插入臀部的铅笔找到了产生兴奋的奇妙配方。在赫兹面前，他为自己感到羞愧：赫兹永远也不会让人强迫自己做他刚刚做过的苦不堪言的差事，言听计从地在租赁体育器材商店的女售货员身上卖着力气。

6

正如乌鸫的入侵是在欧洲历史的背后发生的那样，我的故事也是在扬的生活的背后发生的。我用一些扬从来没有特别注意过的孤立事件组织我这篇故事，因为扬的生活的正面正被其他一些事件、其他一些顾虑占据着：人们提供给他一个在美洲的新职位，他的职业活动忙碌不堪，并且还要准备旅行。

他最近在街上碰见芭芭拉。她带着责备的语气问他，为什么在她招待宾客的时候他从来也没有来过。芭芭拉的家因为她所组织的集体色情活动而声名远扬。扬此前担心自己会受到人的中伤，所以他多年以来一直拒绝她的邀请。但这一次，他微笑着说："可以，我很乐意来。"他知道自己再也不会回到这座城市来，因此谨慎不谨慎也就不重要了。他想象着芭芭拉的家中满是裸体的开心的人们，心想以这种方式为自己送行未尝不是个好主意。

因为扬就要动身了。几个月以后，他就要越过边界。而一旦他想到这一点，想到通常在地理范围内使用的边界这个词，就让他想起另一个边界，非物质的、捉摸不到的边界，最近一段时间，关于后一种边界，他想得越来越多。

哪种边界呢?

他在世界上最爱的那个女人（那时候他三十岁）对他说（听到这话时他几近绝望），她与生活的联系只赖于一丝细线。是的，她想活下去，生活给她带来极大的欢乐，但她同时也知道我想活下去是由蜘蛛网上的线编织成的。只需有一点儿风吹草动、一丁点儿的东西，我们就会落到边界的另一端，在那里，没有什么东西是有意义的：爱情、信念、信仰、历史等等。人的生命的所有秘密就在于，一切都发生在离这条边界非常之近甚至有直接接触的地方，它们之间的距离不是以公里计，而是以毫米计的。

7

任何男人都有两部色情传记。一般人们都说到第一部，它由一系列的性爱关系和短暂恋情组成。

最有趣的大概是另一部传记：一大群我们想要占有却没让我们得手的女人，这是一部痛心的充满未竟之可能的历史。

但是，还有第三部传记，它涉及到的是一类神秘且令人不安的女人。我们喜欢她们，她们也喜欢我们，但同时我们很快明白不能占有她们，因为在我们与她们的关系中，我们处在边界的另一边。

扬正在火车上，看着书。一个年轻漂亮的陌生女子进来坐在他的车厢里（惟一的空座正好在他对面），向他点头示意。他也向她致意，并努力回想在哪里见过她。然后，他又把目光投入到书页上面去了，但他没看进去。他感觉到那年轻女子一直在盯着他看，充满好奇和期待。

他合上书："我在哪儿见过你？"

没什么异乎寻常的。他们见过，她说，五年前和一些微不足道的人在一起。他想起了这个时期，他问了她几个问题：当时她究竟在做什么？看到了谁，现在在哪里工作，工作有意思吗？

他惯于此道：在他和任何一个女人之间，他都会很快让火花迸发出来。只不过，这一次，他有一种艰难的感觉，觉得自己是一个人事部门的职员，正在向一个来求职的女人提着问题。

他沉默了。他又打开书，努力去读，但他感觉到有个看不见的考试委员会在观察着他，委员会掌握着他的所有材料并片刻不停地盯着他看。他勉强地看着那页书，根本不知道里面写着什么，并且他很清楚考试委员会在耐心记录着他沉默的时间，以便在计算他最后的分数时考虑进去。

他又合上书，试图以轻松的语调与年轻女子继续交谈，但他再一次发现他的努力毫无结果。

他得出结论认为，失败的原因在于他们谈话的车厢里人太多。他邀请年轻女子去餐车，找到了一个两人用的桌子。他更自如地说起话来，但还是不行，他没有让火花迸发出来。

他们回到车厢。他又打开书，可是跟刚才一样，他不知道书里写了些什么。

年轻女子在他对面坐了一会儿，然后站起身来，来到过道看着窗外。

他非常的不满意。他喜欢那女子，而她走出车厢又是个无言的邀请。

在最后一刻，他还想再一次挽救局面。他也来到过道里，站在她身边。他对她说刚才没有马上认出她来，大概是因为她换了发型。他撩起她额前的头发，看着她忽然异样的面孔。

“是的，我现在认出您来了，”他说。当然，他并没有认出她是谁，但这并不重要。他想做的，只是坚定地把手压在她的额顶，向后微微扬起她的脑袋，就这么看着她，盯着她的眼睛。

他的一生中有多少次这样把手放在一个女人的头顶问她：“让我看看您这样如何？”这种专横的身体接触，以及这一支配性的目光，一下子就会打开整个局面。就好像它们蕴含着（并预兆着）他完全占有她的伟大场景一样。

然而，这一次，他的动作什么效果都没产生。他自己的目光比他感觉到的在看着他的目光更怯弱，那是考试委员会怀疑的目光，委员会清楚地知道他在重复自己并告诫他所有的重复都只是模仿，而所有的模仿都没有价值。忽然，扬在年轻女子的目光中看到了自己。他看到了自己的目光和动作的可怜的造作，就像形成套式的圣盖伊的舞蹈，由于年复一年的重复，失去了任何意义。失去了随意性、自然性和单刀直入的风格后，他的动作给他忽然带来一种难以忍受的疲乏，就像手腕给加上了十公斤的重量一样。年轻女子的目光在他的周围制造出一种使重量倍增的奇特氛围。

没办法再继续了。他从年轻女子头上松下手来，看着窗外飘忽而过的花园景色。

火车到了终点，走出车站时，她对扬说她住得不远，并邀请他去家里坐。

他拒绝了。

之后，他想了整整好几个星期：他怎么能够拒绝一个他喜欢的女人?

在与她的关系中，他处在边界的另一边。

8

男人的目光已经经常被描写到。据说，这目光冷漠地落到女人身上，如同在测度她、衡量她、评估她、选择她，也就是说把她变成了物。

人们所知甚少的是，面对这一目光，女人并不完全是束手无策的。她要是变成了物，那她就可以用一个物的目光来观察男人。这就像是一把锤子忽然长了眼睛一样，它目不转睛地观察用它来钉钉子的工匠。工匠看见锤子不怀好意的目光，失去了自信，一下子砸到自己的大拇指上。

工匠是锤子的主人，可是锤子要胜过工匠，因为工具清楚地知道自己应该怎么样被使用，而使用工具的人只是知道个大概。

看的能力将锤子变成了活物，但勇敢的工匠应该顶得住这一不逊的目光，镇定自若地运力，把它再变成物。据说，女人就是这样经历着忽上忽下的宇宙运动：一飞冲天，由物变成造物；一落千丈，又由造物变成物。

但是，对扬来说，工匠与锤子的游戏是越来越没法儿进行了。女人的目光不善。她们破坏了游戏。是不是到了这个年代，她们都开始组织起来，决定改变女人数百年不变的命运？要不就是扬老了，他看女人、看她们的目光已经有所不同？是世界变了，还是他自己变了？

很难说。尽管如此，火车上的年轻女子打量他的眼神还是充满了疑惑和不信任，他甚至还没有时间把锤子举起来就放下了。

他最近碰见了帕斯卡尔，他对扬抱怨起芭芭拉。芭芭拉请帕斯卡尔去了她家。有两个帕斯卡尔不认识的姑娘。他和她们聊了一会儿，然后芭芭拉招呼也不打，就到厨房找来了一个老式的马口铁大闹钟。她开始不声不响地脱衣服，那两个姑娘也开始脱。

帕斯卡尔哀叹："你知道吗？她们若无其事、漫不经心地脱衣服，就好像我是一条狗或者一个花盆一样。"

之后，芭芭拉命令他也脱去衣服。他不想失去与两个陌生女子做爱的机会，就服从了。当他一丝不挂的时候，芭芭拉指着闹钟对他说："看好秒针。如果你一分钟之内不能挺起来，就给我滚出去！"

"她们目不转睛地盯着我下面看，随着秒针的疾驶，她们就放声大笑起来！然后，她们就把我赶出来了！"

这是锤子决定阉割工匠的一种情况。

"你知道，帕斯卡尔是个粗鲁之辈，而我私下倒是对芭芭拉纪律严明的女子突击队怀有好感，"扬对爱德维奇说，"再说，帕斯卡尔和他的几个哥们儿也对几个姑娘做过类似于芭芭拉在他身上做过的一些事情。姑娘到了，她想做爱，他们给她脱去衣服，把她捆在沙发上。那姑娘不在乎被捆，那是游戏的一部分。可耻的是，他们什么都不和她做，连碰都不碰她一下，只是仔细地打量她。那姑娘感觉自己被强奸了。”

“可以理解，”爱德维奇说。

“我完全可以想象这些被捆绑、被打量的姑娘们，她们还是会兴奋的。在相同的情况下帕斯卡尔没有感到兴奋，他被阉割了。”

夜有些深了，他们是在爱德维奇家里，他们身前的桌几上放着半瓶威士忌。她问：“你什么意思？”

“我想说的是，”扬回答，“当男人和女人做同一样事情时，还是不一样的。在男人是强奸，在女人是阉割。”

“你的意思是说，阉割男人是可耻的，而强奸女人则是一件漂亮事儿。”

“我只是想说，”扬回答，“强奸属于色情，而阉割则是对色情的否定。”

爱德维奇拿起杯子，一饮而尽，气愤地回答：“如果强奸属于色情，那就等于说所有的色情都是敌视女人的，那就该发明另外一种色情。”

扬喝一口酒，沉默了一会儿，接着说：“很久以前，在我原来的国家，我们一些伙伴们编了一本集子，收入了各自情妇在做爱时所说的话。你知道哪个词出现得最多吗？”

爱德维奇一无所知。

“不这个词。不这个词被多次连续重复：不，不，不，不，不，不……姑娘来幽会，小伙子把她抱在怀里时，她推开他说不，这样一来，在世界上最美的这个词的红色光芒映照下，爱的行为就变成了强奸的小型模拟。甚至当她们临近高潮的时候，她们也说不，不，不，不，并且很多人在达到高潮时大喊着不。从那时起，不这个词对我来说就是个特别的词。你也是，你也习惯说不吧？”

爱德维奇回答说她从不说不。她为什么要说自己不想说的话呢？“当一个女人说不的时候，她说的就是是。这一雄性格言一直让我气愤。这句话同人类历史一样的愚蠢！”

“可这历史就在我们身上，我们无法避免，”扬反驳道，“女人逃避，自卫。女人给予，男人索取。女人包藏自己，男人给她脱下衣裳。这是我们与生俱来的古老形象！”

“古老且痴傻！同那些孝女的形象一样痴傻！可是，如果女人们厌倦了按这样的模式来做人呢？如果这永无休止的重复让她们恶心了呢？如果她们想发明出其他的形象和其他的游戏呢？”

“是的，这是些愚蠢的形象，并且还愚蠢地重复着。你完全在理。可是，如果我们对女性身体的欲望恰恰取决于并只取决于这些愚蠢形象呢？当这些古老而愚蠢的形象在我们身上被毁灭的时候，一个男人还能够和一个女人做爱吗？”

爱德维奇笑了起来：“我觉得你这是在自寻烦恼。”

然后，她用母性的目光看着他说：“不要以为所有的男人都像你一样。男人们单独和一个女人相处时是什么样？你知道吗？”

扬确实不知道男人们单独和一个女人相处时是什么样。出现了沉默，这时爱德维奇脸上露出怡然自得的微笑，这表示夜已经深了，而扬要在她的身体上转动没有胶片的电影带了。

思忖片刻后，她补充说：“说来说去，做爱并不那么重要。”

扬竖起耳朵：“你觉得做爱并不那么重要？”

爱德维奇温柔地冲他微笑：“是的，并不那么重要。”

他马上忘记了他们的争论，因为他刚刚领悟到更为重要的东西：对爱德维奇来说，肉体之爱不过是个符号，是个象征行为，是对友谊的一种确认。

这天晚上，他破天荒第一次敢于说自己累了。他在她身边的床上躺下，像个心地无邪的朋友一样，没有去放电影胶片。他抚摩着她的头发，看到在他们共同的未来的天空上，升起一道安然平和的彩虹。

9

十年前，一个已婚女人来看扬。他们认识很久了，但很少见面，因为这女人有工作，并且即便女人抽空来看她，他们也没有太多时间在一起。她先坐在一把椅子上，他们聊一会儿，但只是一会儿。扬马上就该站起身，走近她，吻她一下，把她抱起。

然后，他放开她，他们彼此稍稍站开些，开始匆匆忙忙地脱衣服。扬把他的罩衣扔到一把椅子上。她脱下自己的套衫，把它放在椅背上。他解开裤子的纽扣，任它滑落下来。她俯下身来，开始脱下长统袜。两个人都在匆匆地脱。他们面对面站着，身体前倾。扬连续地将裤子从一只脚上脱下，又从另一只脚上脱下（为此，他把腿抬得很高，就像在列队前行的士兵一样），她弯下腰把长统袜褪到脚踝处，然后向着天花板抬起腿来，踢掉长统袜，和他完全一样。

每次都是一样的，可是有一天发生了一个他永远也忘不掉的小插曲：她看着他，忍不住笑了一下。这是一个近乎温柔的微笑，充满理解和善意，一个羞怯的、自己也表示歉意的微笑。但这也是毋庸置疑的一个微笑，它因突然照亮整个舞台的滑稽可笑的光亮而生。他费了很大劲控制自己不去应和这一微笑。因为，他也看到在习惯的昏暗中，出现了两个人面对面迫不及待抬高双腿的滑稽可笑场面。他差一点儿就放声大笑了。但他知道笑完以后他们就不能再做爱了。笑就在那儿，躲在一层薄薄的隔板后面，像个巨大的陷阱一样在房间里耐心地等待着。将肉体之爱与笑隔开的也就是几毫米的空间，他担心他们会迈过去。几毫米的距离将他们与边界线分开，在边界那一边，事物就不再有意义了。

他控制住自己。他压下微笑，他扔下裤子，很快走向他的女友，马上抚摩起她的身体，她的体热驱散了魔鬼的笑。

10

他了解到帕塞尔病情恶化。病人每天靠几针吗啡支持着，一天内只有几个小时感觉好一些。扬坐火车去远处的一个诊所看望他，路上他责备自己很少去看他。看到帕塞尔如此衰老，他吓了一跳。他的头上露出稀疏的波浪式银发，而就在不久以前，那上面还是浓密的褐发。他的面孔成了旧时面孔的回忆。

帕塞尔带着一贯的热情迎接他。他抓起他的手臂，迈着矫健的步伐，把他拉到他的病房，两人面对一张桌子坐下来。

扬第一次见到帕塞尔时，是很久以前了，当时帕塞尔谈到了人类的远大希望，他一边讲一边用拳头敲桌子，那双永远充满热情的眼睛闪出光芒。今天，他没有谈人类的希望，而是谈他身体的希望。医生断言：如果借助强化的针刺治疗并能忍受巨大痛苦，过了未来十五天这一关槛，他就会赢得胜利。跟扬说这些的时候，他的拳头敲打着桌子，眼里透出光芒。他那关于自己身体希望的热情洋溢的叙述，是他关于人类希望的叙述的忧郁的回声。这两种热情都是同样的虚幻，但帕塞尔熠熠生辉的目光为这两个叙述都蒙上了一层同样神奇的光亮。

然后，他谈起女演员汉娜来。带着男人的羞怯腼腆，他向扬承认他最后又一次疯狂了。他为了一个美得疯狂的女人疯狂了，虽然他知道这是所有的疯狂里最没有理智的疯狂。他神采奕奕地谈起了他们就像寻宝一样在森林里采蘑菇，谈起他们停下来喝红酒的咖啡店。

“汉娜真是个出色的女人！你知道吗？她没有那种急切的女护士的神情，也没有那种让我想起自己是个年老体弱之人的同情目光，她欢声笑语，还和我一起喝酒。我们喝下去一升酒！我感觉自己就像十八岁一样！我的椅子现在就放在死亡线上，可是我想歌唱。”

帕塞尔用拳头敲打着桌子，并用他那炯炯的目光看着扬，他的目光上方是作为消失了的浓发之记忆的三缕银丝。

扬说我们都跨在死亡线上。沦入暴力、残酷和野蛮之中的整个世界，都坐在这死亡线上。他之所以这样说，是因为他爱帕塞尔，他觉得这个潇洒地敲打桌子的男人在这个不配任何爱的世界消失之前死去，是让人难以忍受的。他尽力让世界末日的出现离我们更近，好让帕塞尔的死变得更可以忍受些。但帕塞尔不接受世界的末日，他敲打着桌子，又开始谈起了人类的希望。他说我们生活在一个巨变的时代。

扬从不赞成帕塞尔对变化的事物的欣赏，但他喜欢他要求变化的愿望，因为那是人类最古老的愿望，是人类最为保守的保守主义。然而，尽管他喜欢这一愿望，还是愿意让他避开这一话题，因为现在帕塞尔坐的椅子已经跨在死亡线上了。他想把他眼中的未来玷污掉，以便让他为自己渐渐失却的生命少留些遗憾。

他对他说："人们总是对我们说，说我们生活在一个伟大的时代。克勒维斯谈到犹太—基督教时代的终结，其他人谈到世界革命，但所有这一切统统都是傻话。我们这个时代如果是个转折点的话，那完全是因为其他原因。"

帕塞尔用他炯炯的目光看着扬，他的目光上方是作为昔日浓发记忆的三缕银丝。

扬接着说："你知道英国爵士的故事吗？"

帕塞尔用拳头敲打着桌子，说他不知道这个故事。

"新婚之夜过后，英国爵士对他的妻子说：夫人，我希望您已经怀孕了。我不想再重复一次这些可笑的动作。"

帕塞尔笑了，但是没有敲桌子。这则轶事不属于能燃起他热情的东西。

扬继续说："别说什么世界革命了！我们生活在这样一个伟大的历史时代：性行为完全彻底地变成了可笑的动作。"

帕塞尔的脸上出现了一丝微妙的微笑。扬了解这一微笑。这不是一个高兴的或赞同的微笑，而是宽容的微笑。他们的见解一直相去甚远，在他们的分歧过于明显地显露出来的那不多的时刻，他们总是互相致以这样一个微笑，为的是确保他们的友谊没有危险。

11

为什么他的眼中总有边界的画面呢?

他想是不是因为自己老了：事物重复来重复去，每次都丧失掉一部分意义。或者，更确切地说，每次都一点一滴地丧失掉自动预定着意义的生命力。在扬看来，边界就意味着：重复之物可以让人接受的最大限度。

有一天，他去看一场演出。演出之间，一个很有才华的小丑开始无缘无故地数起数来，他数得很慢，表情极为专注：一、二、三、四……他用非常投入的神情念着每一个数字，就好像它们跑了，他努力在他周围的空气中把它们找回来：五、六、七、八……数到十五的时候，观众开始笑了起来，数到一百的时候，他数得很慢，神情越来越专注，有人从座椅上掉下来。

在另一场演出中，这个演员去弹钢琴，用左手开始弹一首圆舞曲：当当当，当当当。他的右手空悬在那里，听不见什么曲子，总是没完没了的“当当当，当当当”。他用动人的目光看着观众，就好像他弹的圆舞曲伴奏是美妙绝伦的音乐，应该得到掌声，应该让人激动和感动。他不停地弹，二十次，三十次，五十次，一百次，总是同样的“当当当，当当当”，观众笑得透不过气来。

是的，当我们跨越边界的时候，笑声就响起来，不可避免。可是，要是走得更远，比笑*更远*呢？

在扬的想象中，希腊诸神首先热情地投入到人的冒险事业之中。然后他们赶快回到奥林匹斯山，往下面看，并笑成一团，而今天呢，他们已经沉睡很久了。

可是在我看来，我觉得扬在想象边界问题上弄错了，他认为边界是一条将人的生命切割在某一特定地点的线，它表明着时间的断裂，人的生命在时钟上的确定的一秒。不，相反，我确信边界与我们同在，不管什么时间，也不管我们有多大年龄，它无处不在，尽管根据不同的情况它时隐时现。

扬所深爱的女人说的话是对的，生命系于一发，系于蜘蛛网上的一丝线。只要很小的东西，很弱的一丝风，就能让事物不易觉察地动起来，正因为如此，在突然出现万事皆空的虚无之前的一秒钟，人们还可以主动牺牲掉自己的生命。

扬有一些和他一样离开故国的朋友，他们终日献身于为祖国争自由的斗争之中。他们都曾感觉到自己与这个国家的联系是虚幻的，他们之所以还准备着为某些对他们来说无关紧要的事情去献身，那只是一种惯性使然。他们对这一感受都心知肚明，但同时又害怕挑明这一点。他们背过脸去，害怕看到边界并滑到（因为晕眩或深渊的吸引）另一边去，在边界那边，他们备受折磨的民族的语言只是同鸟鸣一样微不足道的声音。

既然扬为自己把边界定义为可以接受的最大限度的重复，我有义务为他做出修正：边界不是重复的结果。重复只是使边界可见的一种方式。边界线上覆盖着尘土，重复是掸拭这些尘土的人的手部动作。

我愿意提醒扬回想起他少年时的一段特别经历。当时他大约十三岁。人们谈论着生活在其他星球上的生物，而他想象中的这些外星人身上比地球的居民人类有更多的色情区域。这个当时在私下里偷看偷来的女舞蹈演员裸体照片的孩子，最后认识到：地球上的女人只有一个性器官和两个乳房这样很简单的三位一体，她们缺乏足够的色情区域。他梦想的造物身体上所有的，不是这可怜巴巴的三角，而是十几个、二十几个色情区域，那会为眼睛提供永无穷尽的愉悦。

借此，我想说的是，在他长时间的童男经历中，他已经知道什么是对女人身体的厌倦了。在没有知晓快感为何物之前，他已经在思想中穷尽了所有的性兴奋。他已经触及到根本之所在了。

因此，从少年时代起他就在目光所及范围内经历这一神秘的边界了，在这个边界之外，女人的乳房只是人体上半身一个不适宜的赘生物。边界从他初谙人事起就成了他的命运。梦想出女人身体上长出其他色情区域的十三岁的扬，在对边界的了解方面，和三十年以后的扬相比毫不逊色。

12

刮着风，地上有污泥。送葬的人在墓穴前面参差地围成个半圆。扬在行列中，他所有的朋友也在，女演员汉娜、克勒维斯一家、芭芭拉，当然还有帕塞尔的家人：妻子和哭着的儿子，还有女儿。

两个穿着旧衣服的男人用套绳把棺材抬起来。与此同时，一个有几分烦躁的人物手拿着一张纸走近坟墓，他向掘墓人转过身来，举起那张纸，高声读起来。掘墓人看看他，犹豫了一下，心想是否该把棺材先放在墓穴旁边。之后他们还是把棺材慢慢地放进墓穴里，就好像他们决定要给死者免除掉再听第四篇悼文的义务。

棺材的突然消失让致词人不知如何是好。整篇悼词都是用第二人称单数写成的。他要对死者说话，给他一些保证，同意他的看法，让他放心离去，对他表示感谢，并对他会提出的问题做出回答。棺材到了墓穴底部，掘墓人抽出绳子，谦恭地一动不动站在墓穴旁。看到致词人那样情绪激动地面对他们说话，他们便低下头来，心中惶恐不安。

致词人越是觉得局面尴尬，目光就越是被两个阴郁的掘墓人所吸引，他几乎强迫自己不去看他们。他又转过身来，面对着围成半圆的送葬行列致词。但即便是这样，他那用第二人称单数写成的悼词也显得不伦不类，因为人们会以为敬爱的死者正躲在人群中。

致词人应该往哪儿看呢？他忐忑不安地看着他那张纸，虽然他把悼词都背下来了，眼睛还是看着上面的文字。

参加葬礼的人们被狂风刮得更是烦躁不安。克勒维斯爸爸戴着一顶仔细扣在头上的帽子，但是狂风把帽子刮起来，把它吹到了打开的墓穴和站在第一排的帕塞尔家人之间。

他先是想溜出行列，跑着把帽子拣回来，但他意识到这样的反应会让人觉得他把自己的帽子看得比亡友严肃的葬礼仪式更重要。于是他决定原地不动，装作若无其事的样子。但这不是个好方法。自他的帽子落到墓穴前的空地上以后，参加葬礼的人群更是躁动不安了，完全听不清致词人在说些什么。他谦恭地一动不动，倒不如赶上几步把它拣回来，因为帽子已经大大地干扰了仪式的进行，让人群骚动起来。于是，他终于对他前面的人说对不起并走出了人群。他来到了在墓穴和送葬人之间的那块空地（像个小舞台一样）。他弯下腰来，把手伸向地面，而恰在此时，风又刮了起来，把帽子吹得更远，落到致词人的脚下。

没有人还能想着克勒维斯爸爸和他的帽子以外的事情。对帽子这事一无所知的致词人还是感觉到听众里发生了什么。他从那张纸上抬起眼来，吃惊地发现有个陌生人在离他两步远的地方看着他，像要准备跳过来一样。他马上又低下头看他的悼词，大概希望刚才所见的可怕的景象在他再抬起眼睛时会消失。当他再抬眼看的时候，那男人还在他面前，一直看着他。

克勒维斯爸爸既不能前行，也不能后退。他觉得俯到致词人的脚下是有失礼仪的，而不拿着帽子空手回来是可笑的。于是，他就站在那儿一动不动、犹豫不决，并费尽心思想找到一个办法。

要是有人来帮他一下就好了。他看了那两个掘墓人一眼。他们在墓穴的另一端，一动不动地紧盯着致词人的脚。

这时候，又刮起一阵大风，帽子慢慢地滚到了墓穴的边沿。克勒维斯决定了。他用力迈出一步，伸出手臂，俯下身去。帽子却被风吹起来，一直也抓不到，就在他几乎抓在手里的时刻，帽子却顺着墓穴的边，落到墓穴里面。

克勒维斯又一次伸出手臂，好像要把帽子召唤回来似的，但他立刻决定，权当帽子从来不曾存在过，而他之所以到了墓穴的边缘，只是一个无足轻重的偶然原因。他想要保持绝对的自然和放松，但这很难做到，因为所有目光一齐聚在他身上。他恼羞成怒，尽力不去看任何人，来到了送葬行列的第一排，帕塞尔的儿子在这一排哭着。

当准备跳过来的那个男人的威胁的幽灵消失以后，手中拿着纸的那个人恢复镇静，抬眼看了一下根本没有听他说什么的送葬人群，他说出了悼词里的最后一句话。他向掘墓人转过身来，用极为庄重的声音宣告："维克多·帕塞尔，爱你的人永远也不会忘记你。安息吧！"

他向墓穴旁的一堆黄土俯下身去，拿起上面放着的铁锹，铲起土，向墓穴探过身去。这时候，送葬行列爆发出压抑不住的笑声。因为大家都认为，手拿铁锹看着下面一动不动的致词人此时此刻看见了穴底的棺材和棺材上的帽子，仿佛死者对尊严还保有徒劳的渴望，面对如此庄严的时刻想在头上戴顶帽子。

致词人控制住自己，把土扔到棺材上，小心着没有让土落到帽子上，就好像帽子下面真的盖着帕塞尔的脑袋一样。然后，他把铁锹递给寡妇。是的，每个人都要饮干这杯诱惑的苦酒。每个人都要经历一番与笑的可怕战斗。每个人，包括帕塞尔的寡妻和他一直在哭的儿子，他们都要用锹撮起黄土，向墓穴俯下身去，穴里有一口棺材，棺材上有一顶帽子，就好像充满生命力和顽强的乐观精神的帕塞尔，要把脑袋探出来一样。

13

二十来个人聚在芭芭拉的别墅里。大家都在客厅里，坐在沙发上、靠椅中或是地上。房中央，在漫不经心的目光包围下，一个据说来自外省城市的女孩，用各种可能的方式在那里摇晃扭动不已。

芭芭拉端坐在一个长毛绒的大扶手椅上：“你不觉得有些拖沓吗?”她边说边向那姑娘投去严厉的目光。

姑娘看了她一眼，转动着自己的肩膀，好像她这样就指向了在场的所有人，并且抱怨他们无动于衷，漫不经心。但是，芭芭拉严厉的目光不接受无言的歉意，那姑娘并没有停止自己那缺乏表现力也缺乏意义的动作，但她开始解开罩衫的扣子。

从这一时刻起，芭芭拉就不再管她了，而是相继把目光转向在场的每一个人。看到这一目光后，大家停止了聊天，把顺从的眼神投向在脱衣服的姑娘。然后，芭芭拉撩起了她的裙子，把手放在双腿之间，再一次用寻衅的目光指向客厅的每一个角落。她认真观察着她的体操运动员们，看他们是否在跟着她的示范做动作。

事情终于开始了，按照懒散但有效的节奏，外省姑娘已经半天一丝不挂了，躺在随便哪个男人的怀里，其他人分散到其他房间里去。可是，芭芭拉却无处不在，异常警觉，十分挑剔。她不能接受客人们成双结对在一起并且躲到角落里。她对扬抱在怀里的年轻女子发起火来："你要想和他单独相处，就到他家里去。我们这里是社交活动。"她抓起她的胳膊，把她拖到隔壁的一个房间。

扬注意到一个和善的秃顶小伙子坐在一旁，观察着芭芭拉的举动。他们互相微笑一下。秃顶走过来，扬对他说："芭芭拉元帅。"

秃顶笑了起来，说："她是让我们为奥运会决赛做准备的女教练。"

他们一起看着芭芭拉，观察到她的一系列行为：

她在一对正在做爱的男女身边跪下来，用自己的脑袋把他们的脸分开，把自己的嘴唇贴到了那女子的唇上。那男子对芭芭拉敬重有加，离开了自己女伴的身体，以为芭芭拉要和她单独在一起。芭芭拉把那女子抱在怀中，向她靠近，一直到两个人完全贴在了一起，侧躺在那里。那男人在一旁站着，谦卑且恭敬。不停地拥抱着那女子的芭芭拉，抬起一只手在空中划了个圆圈。那男子明白这手势是做给他的，但他弄不懂是让他留下来还是让他离开。他小心紧张地观察着那只手越来越有力、越来越不耐烦的动作。芭芭拉终于把自己的嘴唇和那女子的嘴唇分开，高声地表达了她的意愿。那男子点头称是，身体重新滑落到地上，从后面靠近在他和芭芭拉之间不得动弹的女子。

“我们都是芭芭拉的梦中人物，”扬说道。

“是的，”秃顶说，“可是总有点阴错阳差。芭芭拉就像个钟表匠一样，自己要去调挂钟上的指针。”

等芭芭拉成功地让那男子改变了姿势以后，她马上便对刚才还热烈拥抱着的女子失去了兴趣。她站起身，走近蜷缩在客厅一角、神色紧张的一对年轻情侣。他们只是半裸身体，小伙子在尽量用身体掩饰着那姑娘。就像歌剧舞台上的一些小角色张着嘴不发声并胡乱做一些手势制造出一场生动对话一样，这对青年男女也忙做一团让人觉得他们彼此很专注，因为他们想要的，无非是不引人注目并且避开别人。

芭芭拉看穿了这种把戏，她跪到他们面前，抚摩着他们的头发，对他们说了些什么。然后她就消失在隔壁房间里，回来的时候有三个赤裸的男人陪着。她又跪在两个情人之间，手抱住小伙子的头，亲吻他。那三个赤裸的男人，在她目光中无言的命令指引下，向那姑娘俯过身去，脱掉了她身上余下的衣裳。

“结束的时候，要开一个会，”秃顶说，“芭芭拉要把我们召集在一起，大家围成半圆，她站在我们前面，戴上眼镜，对大家做得是好是坏进行分析，表扬那些用功的学生，批评那些懒惰的人。”

两个羞怯的情人终于和别人分享起自己的身体了。芭芭拉把他们撇在那里，向这两个男人走来。她向扬淡淡地笑了一下，走近那个秃顶。几乎与此同时，扬感觉到自己的皮肤被轻柔地触摸着，是首先脱掉衣服使晚会开场的那个外省姑娘。他心想，芭芭拉这座大钟运转得还不坏。

外省姑娘热忱虔敬地照料着他，但他的目光随时就瞟向房间的另一端，芭芭拉在那里把摩着秃顶的生殖器。他们这两对男女所处情形丝毫不差。两个女人，上半身倾斜着，用同样的动作，在照管着同一样东西，就像俯身照管自己的花圃的两个勤奋的女园丁一样，每一对都只是另一对在镜中映照的形象。两个男人的目光碰到了一起，扬看见秃顶的身体因为忍着笑而颤抖。因为他们两个互为一体，就像一物和该物的镜像一样，一个人颤抖时，另一个不可能不同样颤抖。扬转过脸去，不想让正在抚摩他的姑娘感到受了冒犯。但他的镜中形象难以遏止地吸引他。他又朝那边看去，他看到了秃顶因忍住笑而变得眼球突出。他们之间至少通过五倍的心灵感应电流连通在一起。不仅每个人知道对方在想什么，彼此也都知道对方知道这一点。不久以前他们赐予芭芭拉的那些比喻都回到脑际，并且他们又发现了新的比喻。他们彼此看着，同时又互相避免着彼此的目光，因为他们知道，在此时此地如同在教堂里神甫举起圣餐饼时一样，笑是一种亵渎。可是，当这一比喻掠过他们脑海之时，他们就更想笑了。他们太弱小了。笑过于强大。他们的身体不可遏止地颠荡起来。

芭芭拉看着同伴的脸。秃顶忍了一下，可还是笑了起来。就像猜到了恶之源何在一样，芭芭拉朝扬转过脸来。恰在此时，外省姑娘悄声问他："你怎么了？为什么哭了？"

可是芭芭拉已经来到他身边，咬牙切齿地说："别跟我来帕塞尔葬礼上那一套！"

"别生气，"扬说道；他笑了起来，泪流满面。

她请他出去。

14

出发去美洲之前，扬带爱德维奇来到了海边。这是一个废弃的小岛，岛上只有几处小村落，牧场里绵羊在漫不经心地吃草，只有一家旅馆，朝向一片围起来的海滩。他们各自租了一个房间。

他敲门。她的声音从房间尽头传来，让他进来。他先是谁都没看见。“我撒尿呢，”她从半掩着门的卫生间向他喊道。

他对此了如指掌。即便家里有很多人来时，她也是平平静静地宣布她要去撒尿，并且隔着虚掩的厕所门和别人聊天。这既不是卖弄风情，也不是不知羞耻。恰恰相反，这是对卖弄风情和不知羞耻的绝对废除。

爱德维奇不能接受压在人身上的传统的重负。她拒绝承认裸露着脸就是贞洁的，而裸露着屁股就是无耻的。她不明白为什么从眼里流出的带咸味的液体就是高尚的诗篇，而通过肚子流出的液体就该引起人的反感。这一切在她看来都是愚蠢的、做作的、无理的，她就像一个叛逆的女孩子对待天主教寄宿学校的校规一样，对待这些传统惯例。

从厕所出来后，她向扬笑了笑，让他吻了双颊：“我们去海滩？”

他同意。

“把你的衣服放我这儿吧，”她边说边脱下自己的浴衣，里面一丝不挂。

扬一直觉得在别人面前脱衣服，有点儿不习惯。他几乎有点儿羡慕爱德维奇，她赤裸着走来走去，就像穿着一件很舒服的家常裙子一样。她赤裸身体甚至比穿着衣服还自然，就好像她扔掉衣服的同时，也同时扔掉了身为女人的艰难命运，成了一个没有性别特征的人。就好像性是包在衣服里的，而赤裸是中性的一样。

他们赤身裸体走下楼梯，来到海滩，那里成群的人都在裸着身休息、散步、游泳：赤裸的母亲和赤裸的孩子，赤裸的祖母和她们赤裸的孙子，赤裸的青年和赤裸的老人。女人的乳房多得不可胜数，形状千姿百态，美的，不那么美的，丑的，大的，皱缩的等等。扬不无伤感地意识到，在年轻的乳房面前，年老的乳房不显得年轻；但是相反，年轻的乳房却显得更老，而所有这些乳房都同样的奇奇怪怪，无足轻重。

此时，他又被那模糊且神秘的边界概念给纠缠住了，他觉得自己正处在边界线上，正要跨过去。一种奇异的悲伤涌上心头，从这宛若云雾的悲伤中显现出一个更为奇异的念头：犹太人就是结成队、赤裸着走进毒气室的。他不明白到底为什么这一画面固执地掠入他的脑海，也不明白它究竟意味着什么。也许它意味着那个时候，犹太人也是在边界的另一边的，也就是说，裸体成了另一边的男女们的制服。裸体成了一块裹尸布。

因海滩上四散的裸体而感受到的悲哀让扬越来越难以忍受。他说：“太奇怪了，这里所有这些裸体……”

爱德维奇同意：“是的。更奇怪的是，这些身体都是美的。你看，即便是衰老的身体、生病的身体也都是美的，只要它们还只是身体、没有衣服的身体。它们同自然一样美。一棵老树同一棵幼树一样的美，生病的狮子依然是兽中之王。人的丑陋乃是衣服的丑陋。”

他们永远也不互相理解，爱德维奇和他之间。但他们总是互相赞同。每个人都以自己的方式解释对方的话，他们两人之间有种奇妙的契合，一种奇妙的建立在不理解基础上的契合。他很清楚这一点，几乎乐此不疲。

他们在海滩上慢慢地走着，脚下的沙子滚烫，一只公羊的咩咩叫声与海水声应和着，橄榄树荫下，一只肮脏的绵羊在吃着一堆干草。扬想起达夫尼斯来。他躺着，对赫洛亚赤裸的身体痴迷不已，他兴奋异常却不知这兴奋把他唤向何方，这是没有目的、没有平息的兴奋，它无边无际地延伸开来，到视线不及的所在。一阵强烈的怀恋之情袭上扬的心头，他想回到过去。过去，那男孩那里。过去，男人之初，他自己的初始，爱的初始。他想有欲念。他想有心的颤动。他想躺在赫洛亚身旁，不知肉体之恋为何物，不知快感为何物。将自己变成兴奋，只是兴奋，只是困惑，面对着女人身体时男人所感受到的神秘的、不可理喻的、奇迹般的困惑。他大声说出：“达夫尼斯！”

绵羊在吃着干草，扬又一次带着叹息重复说道：“达夫尼斯，达夫尼斯……”

“你喊达夫尼斯？”

“是的，”他说，“我喊达夫尼斯。”

“很好，”爱德维奇说，“应该回归到他那儿。回到人还没有被基督教戕害的那个时代。你想说的是这个意思吗？”

“是的，”扬回答，但他想说的是完全不同的意思。

“那里，也许还有一个小小的自然的天堂，”爱德维奇接着说，“羊群和牧羊人，属于自然的人。感官的解放。对你来说，这就是达夫尼斯，是不是？”

他再一次向她肯定他想说的就是这个意思。爱德维奇断言：“是的，你说得对，这就是达夫尼斯之岛！”

因为他喜欢将他们建立在误解基础上的理解发挥下去，他就补充说：“我们住的旅店应该叫做：另一边。”

“是的，”爱德维奇兴高采烈地叫道，“在我们的文明牢笼的另一边！”

几小群裸体的人向他们走来。爱德维奇把扬介绍给他们。大家和他握手问候，说出自己的头衔，表明各自的荣幸。然后，他们说起不同的话题：海水的温度，戕害着人们身心的虚伪的社会，美丽的岛。

说到最后一个话题，爱德维奇强调说："扬刚说这是达夫尼斯之岛。我觉得他说得对。"

大家都为这一发现感到高兴，一个腆着奇大肚皮的男人侃侃而谈地发挥起来，他说西方文明就要灭亡，人类将最终从犹太—基督教传统的枷锁奴役下解放出来。这些话扬不止十次、二十次、三十次、一百次、五百次、一千次地听到过，沙滩这几米的空场眼看着就要变成阶梯教室了。那男人说着，其他所有人都饶有兴趣地听着，而他们裸露的性器官这时正傻呆呆地、忧伤地看着地面的黄沙。

